河出文庫

呪文

星野智幸

河出書房新社

目次

呪文

霧生　1

出勤時間が始まる少し前の早朝、店を開けるために霧生《きりゅう》が表に出たとたん、三軒先の野瓜《のうり》豆腐店のおばあちゃんが割烹着《かっぽうぎ》姿で寄ってきて、「咲紀《さき》ちゃん、夜逃げしちゃったよ」と耳打ちした。野瓜さんが言うには、昨晩、店を閉めるときには普段どおりだったが、今朝四時半ごろに野瓜のおじいちゃんが仕込みを始めたとき、咲紀さんの雑貨店「37°2 le matin」のシャッターが開いたままで、中が空っぽなのを発見したのだという。

「何で夜逃げなんか」

霧生は暗い声で言った。快活でめげない咲紀さんでさえも、こんな手を使わざるをえない窮地に追い込まれたという事実に、打ちのめされていた。

「まずいところからお金借りちゃったんだろうね。山水《さんすい》さんのときもそうだったよ」

ちょうど一年前、ぬいぐるみショップを経営していた山水さんが、闇金に手を出して夜逃げしたのだという。

「咲紀ちゃんにも山水さんの話はしといたんだけどね。あんたも気をつけなさい」

「縁起でもないこと言わないでくださいよ。店つぶれるの、これで九軒目なんですから、ぼくが松保《まつほ》商店街に来てから」

「いくんちたったんだっけかね？」

「店の工事始めたときから数えて、半年ちょっとです」

「まだ半年かい。もう何年もいるような顔してるけど」野瓜さんは少し微笑んだ。

「咲紀さんだって、まだ一年ちょっとってところでしょ」

「そうなのよ。早すぎんのよ。若い人ががきばってくれないと、松保のほうが私より早くお陀仏《だぶつ》になっちゃうよ」

野瓜さんは口癖になっている文句を、しみじみと実感を込めてつぶやいた。

「咲紀さんはがんばりすぎってぐらい、がんばってましたよ。それでもつぶれちゃうのは、環境の問題なんじゃないかなあ」

霧生は苦い思いを込めて言う。店が次々とつぶれていくような商店街を、見込みのある場所だと勘違いして、出店してしまったわけだから。

「そこも若い人ががんばってくれないとって言ってんの。商店組合みんなで考えないと、どうにもならないからね。でも私らなんかの年ごろじゃ、古い頭っきゃ持ってないからね。見当違いの意見しか出てきやしないよ。図領《ずりよう》さんなんかね、ほんとよくやってるやね。咲紀ちゃんは、図領さんに相談したんだろうかね？　相談してたら、少なくとも夜逃げなんて真似しなくても済んだんじゃないだろうかね」

「聞いてみますよ。今晩、図領と飲みに行くんで」

「そうかい。そうやって若い人たちでね、密に相談してちょうだいな」

　霧生は苦笑いを浮かべ、曖昧にうなずいた。図領と会うのは商店街の活性化について語り合うためではなく、霧生の店の資金繰りの問題を個人的に相談するためだった。まさしく咲紀さんのようにならないために。松保商店組合事務局長の図領からは、金だとか商店街の人間関係だとか、どんな問題でも恥に思わずに相談してくれ、と言われている。

「今度はどこがつぶれたって？」

　隣の「ゆきた鍼灸院《しんきゆういん》」から湯北《ゆきた》さんが霜降りのジャージ姿で現れた。野瓜のおばあちゃんの声はよく響くので、聞こえたのだろう。

「咲紀ちゃんがさ、夜逃げしちゃったのよお」

「そらまた大胆な。まあ、そろそろかなあとは思ってましたけどね」湯北さんが例によってさらりと毒舌をふるう。野瓜さんは顔をしかめたが、何も言わなかった。

「みんなそう思ってたくせに。霧生は思わなかった?」

「自分のことで手いっぱいですよ」

「だからこそ、妙な共感を持って見てたんじゃない?」

図星ではあった。湯北さんの手にかかると、ごまかしがきかない。鍼灸師に必要な能力なのだろうか、それで繁盛しているのだろうか、などと、関係のないことをとりとめもなく思う。

「私はあの店でよく雑貨買いましたよ。咲紀さんはセンス抜群だからね。うちの施術室にも飾ってあるし。でも私一人が熱心に買うぐらいじゃ、どうにもならないですよね」

「私はよく余ったお豆腐をあげたよ」

「野瓜さんのおかげでぼくも食いつないでます」

「おなか空いちゃった。霧生、トルタ作ってよ」

「いつものやつ?」

「いつものハムとチーズの」

「あ、私もお願い」

「もちろんです。野瓜さんもハムとチーズでいいですか?」

「あんたのお勧めのでいいよ」

「承りました」

霧生は厨房に入り、鉄板に火を入れる。先ほど焼きあがったばかりのトルタ用自家製パンは、バターを使わず小麦粉にイーストと塩だけ。外は固くて中はふかふかの円盤形のそのパンを二つ、上下にスライスし、内側の柔らかい部分を少しそぎ取る。上下とも外側を下にして鉄板に載せ、軽く焼く。その間に、アボカドを半分に切り、種に包丁の刃元を叩きつけるように刺し、くるっと回して抜き取る。鉄板の半分に油を引き、厚めのハムを載せ、その上にスライスチーズを裂いて重ねる。焼いたパンの内側に塩で煮たペースト状の豆フリホーレスを塗り、アボカドをスプーンで薄く削ぎ取ってその上に敷き、軽く塩を振り、メキシコ産の酢漬けのハラペーニョを三つずつ置き、レタスを敷き、火の通ったハムととろけているチーズを載せ、コショウを振り、スライスしたトマトにみじん切りのタマネギを少し散らし、また軽く塩をし、もう片方のパンで蓋《ふた》をする。紙ナプキンで三角に包んでその両端を持ち、トルタを宙に放り上げるようにして一回転半させ、キャンディの包み紙のようにくるりとねじると、もう一つも同じように包み、「お待ちどお」と湯北さんと野瓜さんに右手と左手で同時に差し出す。歌舞伎でいえば見得を切った瞬間。

この間わずか三分。パンに包丁を入れた瞬間からトルタを差し出す結末まで、すべてが完璧でなくてはならない。ウェーブを描くようにうねりに乗って、一センチも一秒も狂いのないダンスを舞うように、あらゆる過程を軽やかにこなし、一回転半させたトルタが手のひらにぴたりと収まったとき、手応えが降りてくれば成功。どこかの過程で少しでも狂いがあれば、手応えは降りてこない。ほんの少しハラペーニョの位置が違っていたり、ハムにかすかに火が通りすぎていたり、刻みタマネギの量が三粒だけ多かったりと、素人目にはわからない狂いでも、霧生には手応えのないトルタになってしまう。精緻《せいち》な修練の積み重ねが、曰く言いがたい「手応え」という感触として、実を結んでいるのだ。手応えを得られたトルタにはオーラさえ漂っていると、霧生は本気で自負している。そしてもちろん、そんなトルタはこのうえなく美味しい。他の具としては、ベーコンエッグ、ミラネサ（ミラノ風カツレツ）、ティンガ（裂いた鶏ムネ肉のチリトマト煮込み）などがあり、自由に組み合わせられる。ミラネサとティンガこそ本場仕込みの自信作なのだが、いかんせん五百九十円と値が張るのと認知されていないのとで、あまり注文はない。ティンガ以外のすべてを盛り込んだ「クバーナ」は九百円と大特価なのだが、これも頼む人はまれだ。

カウンターにひじをつきながら逐一を眺めていた湯北さんは、「このテンポのいい動作を見てるだけで美味しそうなんだよね」と言って四百円を置いた。「ほんと、大したもんだ。大道芸見てるみたいだよ」と野瓜のおばあちゃんも感心し、「はい。あんたも朝ご飯まだだろ？　私からのおごり」とトルタと代金を霧生に差し戻した。

「いや、いいですよ。食べてくださいよ」

「歯がダメだからね、パンの皮は食べらんないんだよ」

「何だ、策略かあ。ハメられたな。じゃあ遠慮なくいただきます」

霧生は苦笑いを浮かべながら、いつもの儀式を繰り返した。二人の心遣いに心臓がとろける気分を味わいながらも、この援助を生かしきれないで落ちていく自分に嫌悪も感じた。

「そうそう、今晩、予約のキャンセルが二件続いちゃったから、霧生、鍼打ってあげようか?」

「ぼくは今晩は図領と約束があるんで、野瓜さんを診てあげてください」

「いいんだよ、私はぴんぴん。悪いとこなんてひとつもないんだから。このぶんじゃ百まで生きちゃうよ。だから、若い人がきばらないと、商店街のほうが先にお陀仏になっちゃう」

「野瓜さんならいつでも喜んで診ますからね」湯北さんはあくびをしながら、戻っていった。

野瓜さんは少し間を置いてから、小声で「鍼とかあんまっていうのは、どのぐらい効くんだろうかね。してもらってる間は気持ちいいけどさ、ほんとに悪いところが根っから治ったことになるんだろうかね」と言った。

「湯北さんで試したらどうですか？　腕は確かですよ」

「まあ一年足らずであんだけ繁盛してるんだもんね、伊達じゃないんだろうけど。図領さんによろしくね」

霧生がトルタというメキシコのサンドイッチのスタンド「HIJO de PUMITA《イーホ・デ・プミータ》（ピューマちゃんの息子）」を開店するために、貸店舗の改修工事を始めたのが昨年の九月半ばだった。工事開始から四日後に、まず輸入食材店「柿梨《かきなし》FAIR」が店を畳んだ。一昨年の春にオープンしたばかりだから、わずか一年半足らずだ。トルタのための食材も協力して仕入れましょうと、店主の柿梨さんと言い合っていたものだから、霧生の落胆も浅くなかった。意気投合しているときの柿梨さんからは、わずかひと月以内に店を終えるようなそぶりは微塵《みじん》も感じられなかった。けれど、苦戦しているのは誰の目にも一目瞭然ではあった。だからこそ、協力していこうと思ったのに。

その二週間後に消えたのは、商店街の奥にある古い金物屋「鈴本商店」だ。八十代の鈴本さんご夫婦が経営していたが、商品の管理もままならず、まるでがらくたを放置した倉庫のよう、一見しただけでは営業しているのかも怪しく見えた。鈴本さんはうさんくさいディベロッパーに店舗を売却し、そのお金で松保の隣、すずしろ台駅前に完成したばかりの豪華な介護付きマンションに夫婦で引っ越していった。ディベロッパーは傾きかけた木造の家屋兼店舗を取り壊し、四階建ての鉛筆ビルに建て替え、一階には調剤薬局も手がける大手ドラッグストアを入店させた。怒り狂ったのは、斜め向かいで古くから「薬のフミタ」を営んでいる冨美田さん夫妻である。「長年仲間として力を合わせて商店街を盛り立ててきたのに、こんな最後っ屁があるもんかよ」と言っては悔し涙を流し、商店組合の誰もが、鈴本が売ったのは店じゃなくて魂だと、一緒になって裏切り者を断罪した。

トルタスタンド開店の日には、ペット用品店「Le Paradis des Chiens」がつぶれた。経営者の「マダム的羽《まとわ》」は松保商店組合にも加入せず、他の店と協調する姿勢がなかったため、疎《うと》まれていた。二か月前に、店内に犬の糞が落ちているのを掃除しておらず客が踏んでしまったという事故が起こって以来、客がまったく入らなくなったということだった。なので、つぶれても同情する者はなかった。

その後も、フレンチ・ビストロ、キッズウェア・ショップ、昔ながらの米屋、洋菓子店、理容室と、まるで定期的に人身御供にでも取られるかのようにつぶれていった。鈴本商店と米屋と理容室を除けば、いずれも出店から二年以内だったという。どの店も、最初からやっていくのは難しいと思っていた、残念だけど運命だ、というような言われ方をした。自分の店も本当はそんな見方をされているのかと思うと、霧生は水の上に立とうとしているような心もとなさを覚えた。だが、野瓜のおばあちゃんを始め、商店組合の皆は、顔を合わせれば前向きな言葉をかけてくれる。松保を再生させるためには新しい血が必要だ、若い人のアイデアが鍵を握る、と言ってくれる。いいじゃない、メキシコのサンドイッチ？　タコスと違うの？　あたしも食べてみたいよ、そのタルトっていうやつ、などと盛り上げてくれる。実際、開店からしばらくは、皆、買いに来てくれた。霧生も、サービスですといって、曜日ごとにブロックを決め、お昼時にトルタを配った。評判は上々で、これはウケると太鼓判を押してくれる人も少なくなかった。第一段階で最も重要な、地元の商店主たちに受け入れられるというハードルはクリアできたと思っていた。だが、つぶれた店への、冷淡さはおろか喜びまで混じっているような態度を見ていると、まだ信用しちゃいけないと自分に言い聞かせたくなる。

つぶれた八軒の代わりに新しく開店した店は、六軒だった。三分の一が空き店舗として残っている。実際、商店街全体にじわじわと空き店舗は増えていた。だから霧生が松保に入ってきたときも、ひとまず歓迎はされた。

わずか二十平米のその小さな店舗は、霧生の入る前はオーガニックのジューススタンドだったが、半年でつぶれた。その前は合い鍵屋でやはり半年の命だった。さらにその前は、焼き菓子屋が一年、手作りプリンの専門店が九か月。そしてその前がもともとのタバコ屋で、これはもう半世紀以上。野瓜さんと同世代のご夫婦が二代目として経営していたが、喫煙者の激減で店が立ちゆかなくなり、料理学校を出てファミリーレストランの厨房で働いていた息子さんの同僚が、息子さんを誘って強引に自家製高級プリン店を始めたという。高級住宅街でもある夕暮が丘やすずしろ台の住人を当て込んだのだろうが、プリンだけでやっていけるはずがない。これも強引に息子さんの地元のツテをたどって売り込み、ヤクルトみたいに定期宅配も試みたそうだが、あえなくコケて、息子さんの友だちは行方をくらましたという。その借金を清算するために、店舗を土地ごと売りに出し、今の不動産屋が買い上げた。

スタンドの厨房の奥はトイレへの短い廊下があるきりだが、霧生にはよそに住まいを借りる余力はないので、廊下をウナギの寝床として、夜に布団を敷いて寝た。風呂は二日に一度の銭湯、食事は売れ残った食材を使う。知らない土地なので飲みに行く相手もいない。

そこまで生活費を切り詰めても、生活は苦しくなっていった。儲けどころか、売り上げ自体が、当初の計画を大幅に下回ったままなのだ。素材へのこだわりも捨て、メキシコ特産の裂けるチーズやパクチーなどは断念し、具材全体のグレードも落とし、女性向けとうたってサイズを小振りにして開店当初は五百円だった単価を百円下げ、営業時間もランチタイムから夜の帰宅時までだったのを朝のラッシュ時に前倒しして朝食の客を狙ったが、客はわずかに増えたものの、利益は変わらない。ハラペーニョは替えがきかないし、あとは売れないティンガやミラネサを諦めてメニューを三種類に絞ればもう少し原価が下げられるが、それではトルタスタンドじゃなくてただのメキシコ風サンドイッチ屋に堕《だ》してしまうという思いがあり、踏み切れない。このままでは、あと二か月で運転資金も貯金も底を突いてしまうというところまで、霧生は追いつめられていた。

昨日も、売り上げはたったの一万八百円。二十四人の客が来て、二十七個のトルタを売っただけだ。採算ぎりぎりのラインが、一日五十個、二万円の売り上げである。その半分しか満たしていない。十二時に寝て朝四時半には起き、あとは働き続けているのに、この数字。もう笑うしかない。

霧生がシャッターを開け、店の看板を通りに出していたとき、がらんと空いた「37°2 le matin」の中をのぞき込んでいる二人組の若者が目に入った。パーカのほうの男の襟足に赤く細長いものが出ており、霧生は毛虫か何かかと思ったが、近づいてみたら赤い糸を地毛と絡めて編んだ細い三つ編みだった。

「そこ、つぶれちゃったんですよ」と霧生は声を掛けた。二人の男は驚いたように霧生を見、「えー、だって昨日は普通にやってたじゃないですか。ひでえ」と小柄なパーカが言う。鳥の巣様の寝癖頭に安物の黒縁メガネをかけたもう一人は、何も言わずに唾を吐いた。聞けば、昨日の午前に購入したネックレスが現物は瑕《きず》モノだったため、新しいのがその日の夕方に入ってくる予定だから、今日ならばいつでも受け取りに来て大丈夫という約束だったそうだ。

「お金は払っちゃったってことですか?」

「そうですよ。完全に詐欺じゃん」

霧生は再び傷ついた。咲紀さんがそんなあこぎなことをするとは思いたくない。そのときは本当にネックレスを渡すつもりだったのが、事情が一変して逃げざるをえなくなったのだ、と信じたい。でも、そんな突然だったら、車を用意して一切合切を持って逃げることなんてできるだろうか? 人は追いつめられたら、どんな惨《みじ》めな悪事にも手を染めてしまうのだろうか。自分もそんなことをしないとも限らないということか。

霧生の残り少ない自信が、さらさらと音を立てて、自分というザルのような器からこぼれ落ちていく。

霧生 2

図領とは、松保駅を挟んで商店街の反対側にある松保神社で待ち合わせた。駅から延びる表参道沿いに神社の社務所があり、その二階の小さな一室が松保商店組合の事務所になっている。事務局長の図領は自分の店の定休日や休み時間には、しばしばそこに詰めているのだ。

境内の左手奥には、木々が鬱蒼《うっそう》と茂った中に、岩で囲まれた池がある。いつでも暗いので、水も黒く見える。夜のほうが街灯に照らされて明るいぐらいだ。池のほとり、本殿との間には、地を這《は》うような形で左右にうねる、異形の大黒松が目立つ。樹皮が鱗にも似ているため、まるで池から大蛇が飛び出したかと見まごう。樹齢三百年を超えるとされるこの通称「水松様《みずまつ》」が、この神社のご神木である。水松様の住む池ということで、池も「水松池」と呼ばれる。案外と豊富な水が湧いており、池からは小川が東方向へ流れ出し、本殿の裏を横切り東参道に沿って、神社の外へ延びていく。その松保川は、かつては大雨が降るとあふれてあたり一帯を水浸しにし、エビや小魚や蛇が跳ねたという。北、西、南と三方の斜面の底に位置する神社自体も水没しやすく、その水害のあった年は弁財天が元気だということで、商売が繁盛すると伝えられていた。今の松保川は水の収容量の大きな暗渠《あんきょ》となり、地上は緑道として整備され、夕暮が丘の繁華街と松保神社をつないでいる。

だが、近年のゲリラ豪雨ではその暗渠でも水を収めきれなくなる場合があり、昨年はじつに四十六年ぶりに水が出た。けど松保商店街の景気はよくならなかったのよ、弁天さんも久しぶりすぎて寝ぼけてたのかもしれないね、と野瓜のおばあちゃんは笑って説明してくれた。

木製の鳥居は、もう一本、これはまっすぐ生えていた黒松の大木が台風で倒れたものから造られたそうだ。貫《ぬき》の部分には、気の遠くなるほど大量の松の葉を集めて編んだ大蛇が絡まっている。その松葉大蛇と木の鳥居とセットで、国の重要文化財に指定されている。

松保商店街のゆるキャラを作るなら、やっぱり蛇だな、松と合体した蛇かな、などと霧生が想像にふけっていると、図領が現れた。

昨年、小ぎれいに改修され、「松保緑道」から「夕暮れの小道」と名づけ変えられた緑道を、夕暮が丘の駅方向へ歩く。図領の説明によると、「夕暮が丘」という地名も戦後にできたもので、それ以前は「褥《しとね》村」だったという。

緑道を外れて住宅街の路地に入り込む。瀟洒《しょうしゃ》な一軒家の間にたたずむ、隠れ家ふうのアジア居酒屋。店内は女性客でいっぱいだった。二組のカップルを除けば、男は霧生と図領だけだ。

女性誌のアンケートでは必ず「住んでみたい憧れの街ベスト５」にランクインする夕暮が丘には、おしゃれで感じのよい飲食店がたくさんある。街全体が商店街といってもよく、地を這う植物のように先へ先へと延び続け、住宅街の中にも店が点在している。そうして、隣の駅の松保をも呑み込みつつあるのだ。地元住民の生活の場だった松保商店街に、場違いとも思えるファッショナブルなお店が次々と現れるのは、そんなわけだった。

何よりも、松保は夕暮が丘に比べて地代が安い。憧れの夕暮が丘には店を出せなくても、松保なら何とかなる。同じように、夕暮が丘には高くて住めなくても松保ならかろうじて住める、と考えた若い独身女性が徐々に松保に増えてゆき、松保なのに夕暮が丘を名乗るアパートやハイツや小規模マンションが、高齢者の一人暮らしばかりの一軒家の間にはびこっていく。霧生もそんな客と地代に惹《ひ》かれて、松保を選んだのだった。

それが落とし穴だった。松保商店街の賃料が安いのは、店が定着せずに次々とつぶれていくからだった。そんなこともリサーチせずに、漠然とした思い込みで、一世一代の決断を下してしまった。三十代も半ばであり、もう失敗は許されないにもかかわらず。

「まだ始めたばっかでこんな弱気になってたら、それこそ自分から敗北するようなもんだってことは、わかってるんだけどさ。やっぱ眠るときなんかにものすごく不安になったりして、朝まで眠れなかったりするとどうしても、負けたほうが楽になれるとか考えちゃうんだよね。だって、選択を間違えるような自分なんか信用してたら、ほんとに破滅するしかないでしょ。いや、ごめん、選択を間違えたなんて、図領に言っちゃいけないよね。まさに盛り返そうと踏ん張ってるのに」

「わかってるよ。霧生も踏ん張るために、弱音を吐いてるわけだろ。不安が大きいときに一人で抱えてたら、ほんとに文字どおりつぶれるよ。新しい店があっけなくつぶれてくのには、一人で抱えすぎるっていうのもあると思うんだよな。まだこの商店街の中で仲間意識を持てないでいるもんだから。俺としては、むしろそういう新参の人たちに、もっとざっくばらんに商店組合に相談してほしいんだけどなあ」

「咲紀さんとかは、何も言ってこなかったの？」

図領は首を振り、「あの人は気丈だろ？　男に弱み見せたらいけないと思ってるタイプだから」と諦めたような口調で言った。

霧生は咲紀さんを擁護したい気持ちに駆られ、「ていうかさ、相談なんかしにくい雰囲気あるよ。だって、つぶれれば、みんな、最初からこうなると思ってたみたいなこと言うでしょ。ああ、いつもの愛想のよさと本心は違うんだって、鈍いぼくだって思うんだから」と言った。

「でもおまえはこうして愚痴《ぐち》ってる」

「図領は別だって。ぼくと同じよそ者なのに、地元の信用を勝ち取ったパイオニアだから、話せるんだよ」

「そんなこと思ってるの、霧生だけだよ。他に話してくるやつなんかいないし」

「まあぼくは特別ヘタレなんだよね。だからすぐ誰かに頼っちゃう。こいつはうまくいかないだろうなって思われても、当然だよね」

霧生は、ミャンマーの蕎麦焼酎を使ったモヒートを飲みほし、おかわりを頼む。隣の席の二十代の女二人組は、「それは二股《ふたまた》だって。明白に二股だって。目を覚ましたほうがいいよ」などと話している。

「おまえのその無防備さは、愛されてると思うよ。野瓜のおばあちゃんなんか、おまえにぞっこんじゃないか」

「そうねえ」

野瓜豆腐店は、霧生が不動産屋と契約をした足でご近所に挨拶しておこうと思ったとき、最初に訪ねた店だった。できるだけ古い主《ぬし》のような店がいいと判断し、あたり一帯の住宅の表札に多い「野瓜」の名前の店を選んだのだ。事実、野瓜さんは松保の大地主で、豆腐屋はおよそ九十年前に野瓜家が松保へ移り住んだときから続けているとのことだった。野瓜のおばあちゃんは、「若い人が踏ん張ってくれないとこの商店街は私より早くお陀仏になっちゃうよ」と例の口癖で大歓迎して、おぼろ豆腐を試食させてくれた。霧生が、甘く香わしい大豆のとろける味に忘我の境地に陥り、「大豆プディングだ」と思わず漏《も》らしたら、野瓜のおばあちゃんは喜んでしまって、木綿に絹に寄せ豆腐をつかみ取りのようにプラスチック袋に入るだけ入れて持たせてくれた。次の日には、筆ペンで「大豆プリングの味　甘〜いよ」と記し、「大豆プリング」の文字を朱の「◎」で強調した縦長の紙を、商品一覧の下に貼っていた。商店組合の阪《さか》辺《なべ》理事長に挨拶に行って速やかに入会すると何かとやりやすくなる、とアドバイスしてくれたのも、野瓜のおばあちゃんだ。

「可愛がってくれてるのはわかるけどさ。それと一人前のお店の経営者として信頼してくれることとは別でしょ」

「野瓜さんのとこも、お子さんたちが後を継がなかったから、あのご夫婦の代で終わりだろ。もうお二人とも八十を超えてるから、店を続けられるのもあと一年とかじゃないかな」

「あの豆腐の味も消えちゃうのかあ」

「おまえ、可愛がられてんだろ。お孫さんの涼世《すずよ》さんは独身だし」

霧生は耳を疑い、反射的に図領を鋭く見る。

「それって、トルタ屋はつぶれるから、豆腐屋の後継げって意味?」

図領は間をもたせるように「３３３《バーバーバー》」をもう一本頼んだ。

「そんなことは言ってない。でも商売ってのは、いつだって最悪のケースに備えておかないと、すぐに行き詰まる。そのための選択肢は多いに越したことはない」

「ぼくは図領とは違うんだよ」

「俺の成功例から学びたいんじゃないのか」

「全部真似するなんて言ってない」

図領は五年前に、女性が一人で一杯飲みながら夕食のとれる品のいい居酒屋「麦ばたけ」を松保商店街の真ん中に開いて、評判となった。酒類の仕入れで、阪辺理事長が経営する商店街の老舗「匠《たくみ》酒店」に協力してもらい、つきあいを深める中で、阪辺理事長の娘、秋奈《あきな》と恋仲になり、一昨年に結婚した。そして匠酒店の番頭みたいなことも務めるようになり、商店組合でも若くして事務局長に推されたのだ。昔からの美容室と自転車屋が店を畳もうとしたとき、外部からその店舗を継ぐ者を探し出してきて店を再生させたことで、わけのわからないよそ者に食い荒らされていくのを防いだとして、一息に地域全体の信頼を得たのだった。

「まあ、俺は特殊例だからね。誰にでも真似できることじゃないし、真似すべきでもない。霧生には霧生式のやり方が見つかるよ」言いすぎたと思ったのか、図領なりのフォローをしてきた。

図領の頭が廃業しそうな老舗の後継者問題で占められていることは、霧生も承知している。それでも、「図領もそういう見方をしてるってのがようくわかった」と言わないと気が済まなかった。

「意固地になったって問題は解決しないぜ。そんな態度取ってるから、新参者と古参がお互いに冷たい目で見合うようなことになってるんだよ。ざっくばらんに相談すればいいんだって。経験者としてのプライドが傷つきさえしなけりゃ、古参たちだって、初《うい》やつってな感じで受け入れてくれるんだから」

「だからぼくは相談しようと思ってるんじゃないか」

「ぶっちゃけて言えば、運転資金を貸してほしいって話だろ？」

「そんな身も蓋もない言い方しないでよ。資金を借りる前に、何とか克服できるノウハウがあるなら、そっちを先に聞きたいし」

「そんなノウハウがあったら、こんなバタバタと倒れることないと思わない？」

「やっぱりそうだよね……。じゃあまあ、融資の話ってことで」

「じつは商店組合で融資部門を準備してる。非営利だから超低金利でね。コンセプトは、金を出す代わりに口も出す。松保をどんなウリのある商店街にしていきたいか、基本的な方向性を決めたら、それに沿う形で営業してもらうよう、資金とともに指導していく」

「どこまで口出すの」

「商売がうまくいって、商店街が攻勢に転じられるまでは、どこまでも」

「それってつまり、さっき言ってた、店の種類の変更とかもありうるってこと？」

「現状の店ではどうやっても採算が取れないとはっきりすればね。それは当然だろ？　松保に限らず、商売の基本だろ？」

そう言われてしまうと、霧生にも反論はできない。

「夏ごろにはスタートさせようと思ってる」

「夏！　それまでもたないかも」

「まあ、正式に商店組合の融資受ける気があるなら、それまでうちで個人的に貸してあげてもいい。むろん、無利子でね。これは好意だから」

何だか底なしの罠にはまろうとしているんじゃないかという釈然としない思いと、猛烈な速度で荒廃していく商店街をこの期に及んで復活させようというのならこのぐらい厳しい条件は呑まないと仕方ないのだろうか、という諦めとが霧生の中でせめぎ合う。

「ちょっと考えさして」と霧生は答えた。

「もうこの、意欲だけはあるのに世界観は旧態依然としたまま玉砕していくっていうサイクルは断ち切ろうよ。松保はもう滅亡寸前なんであって、俺らの試みも失敗したら終わりなんだ。次はないんだよ。だから逆に、リスクなんか恐れないで、思い切り大胆にやる。中途半端な守りの姿勢にちょっとでも引きずられたら、未来はない。そんなのメチャクチャだ、やり過ぎだって感じるぐらいのことしないと、この負のエネルギーからは逃れられないと思うよ」

図領は霧生の目を見つめて、熱く語った。こいつが本気であることは疑いえないな、と霧生は思った。ただし、本気ってちょっと怖くもある、とも。

佐熊 1

発注した商品数を間違えたのは、できない後輩、穴山《あなやま》のミスだった。佐熊竜輝《さくまたつき》は発注書をチェックしてそのミスに気がついたが、あえてスルーした。穴山のミスにはいつも振り回されっぱなしで、そのつど佐熊が尻ぬぐいするものだから、すっかり慣れっこになってしまって、いい加減な姿勢を改めようとしない。もっと痛い目に遭《あ》わなければ変わらないのだろうから、大きなミスを犯して窮地に陥ればいい、と思ったのだ。

だが結果は、チェックを怠ったとして佐熊にすべての責任がかぶせられた。穴山ができないことは最初からわかっているのだから、おまえが未然に防がなくちゃならないんだ、と、自分より二歳年下の課長からどやしつけられた。

その後処理で、金曜の夜だというのに、終電ギリギリまで残るハメになった。当の穴山はもう帰宅したにもかかわらず。

飲み屋で憂さを晴らそうかと思ったが、ネガティブに飲むと後がろくなことにはならないので、ちょっとだけ贅沢に散財してお腹を満たすことにした。それで、以前から目をつけていた自宅近くの商店街で人気の店、「夕飯のとれる居酒屋　麦ばたけ」に入ってみたのだった。

閉店まで一時間というところで、客は佐熊だけだった。カウンターの向こうで後片づけをしている若い男が店主だろう、「お帰りなさい！」とさわやかな挨拶で迎えてくれた。佐熊はカウンター席に座り、「とりあえずビールと」と言ってメニューを広げる。うん、なかなか悪くない。

「この、とろ〜りロールキャベツと胡椒のきいたポテトサラダ」

「すみません、ロールキャベツとポテトサラダは終わっちゃったんです」

「あらあら、残念。うまそうで、すっかり食べる気満々だったのに。……じゃあ、お月さまのようなオムライスと、野菜が温泉ミネストローネ」

「あ、申し訳ございません、そちらもなくなっちゃいまして……」

「オムライスもできないの？」

「卵が切れちゃったんですよ」

「何だよそれ。じゃ、うまみのホッケと基本のミックスサラダ。なければ、芯まで柔らか小アジの南蛮漬け、ミネラルの雨チャプチェ」

「いや、ほんと申し訳ございません……」

「何、全部ないの！　じゃあ何があるのよ？」

「すいません、今日に限って普段の五割増しでお客様がいらっしゃって、大半の料理が終わってしまいまして」

「そんなこと知ったこっちゃないよ！　おたくの見通しが甘いってことでしょ。この店はさ、帰り道にちょいと食事もしながら飲めるのがウリなんじゃないの？　看板に偽りありでしょう！」

「はい、ごもっともです」

「それで、何だったらできるの？」

「チーズ類とか、乾きものになってしまうんですが」

「俺は飯を食いに来たの。何か飯作りなさいよ。スパゲッティとかないの？　そのぐらいならすぐできるでしょ。ベーコンとバジルのトマトソースとか。よし、それでいこう」

「すみません、そちらは素材がないので、鶏肉とキノコのホワイトソースのパスタはいかがでしょうか。少々お時間はかかりますが」

「ホワイトソースね、オッケー。腹減ってるんだから、十五分以内にお願いね」

「うーん、がんばってみますが」

「あ、それと何かサービスしてよ。迷惑かけられてるんだから」

「それはもう。グラスワインをおつけいたします」

「じゃあ、赤と白一杯ずつ。ハウスはゴメンだよ、それなりのボトル開けてよ」

まったく今日一日、自分ばっかり何でこんな目に遭わにゃならんのだ、バカにしやがって、と佐熊の腸《はらわた》は煮えくり返る一方である。悪酔いをして悪意を暴走させるのは避けたいと思って、自分の感情の爆発を抑え、この店を選んだのに、むしろ暴走させろってことか？　人の親切を台無しにしてくれるなら、もう知らないよ、したいようにさせてもらうから、後悔しても遅いからな。

そう考えたら、目がカッと熱くなり、火を噴いたように感じた。深呼吸をすると腹が据わり、佐熊はスマートフォンのカメラを立ち上げ、動画撮影を開始し、時計を見るふりをしてカメラを厨房に向け、「ほらもう時間。ブー、ブー。十五分過ぎてるよ、遅い、遅い」と言った。できあがったときには、「二十三分。何考えてるの。俺だってもっと早く作れるよ？　素人より遅いって、プロ失格じゃない？　見通しは甘いわ、手際は悪いわ、店持つにはまだ早すぎたんじゃないの？」と嫌味を浴びせた。

そして食べ始めるや、「腐ってる」と怒り出した。鶏肉がにおう、牛乳は古くて腐りかけてダマになっている、おまけにワインまで酸化して味が落ちている。店主はプレートのにおいをかぎ、ひとさじ食し、素材の残りもチェックしてから、「これはこういう料理ですので、問題ございません。においは、ソースに一、二滴加えた隠し味のナンプラーのせいじゃないでしょうか」と説明した。

「何だよ、その何チャラーって」小じゃれた店だからって気取りやがって。

「魚醤《ぎょしょう》です。魚を発酵させたタイの調味料です。ダマになっているのは、お客様が風味を加えようとして白ワインを垂らした効果かと思われます。牛乳に冷たいワインを加えると、凝固しますので」と説明した。

佐熊は顔をボルドー色に変色させ、「ワイン垂らす前からダマになってたんだよ！　俺の鼻がおかしいっての？　俺はこれでもボーイスカウトの子どもたちにキャンプで料理作りを指導してる身なんだから、新鮮さには敏感なんだよ。おたくがいっつも古い食いもん出してるから、おたくの鼻のほうが麻痺しちゃってるんじゃないの？」と、声を次第に荒らげながら言った。

「お客様の感性は信用しておりますが、私もプロですから、健康に問題を起こすような料理はお出しいたしません。己の判断に自信を持っております。どうぞ安心して召し上がってください」

「何、その上から目線。慇懃《いんぎん》無礼《ぶれい》ってのはこういうことを言うんだよ。何で素直に客の批判を聞けないかね。においますよ、間違いなく。鶏肉も古いし、スープ自体、饐《す》えた酸味が混じってる。死にゃあしないかもしれないけどね、いわば、何日も風呂に入ってないババアと無理くりセックスするような、やるせない気分だよ」

それまで丁寧だった店主が豹変したのは、この瞬間だった。

「失礼しましたね、メニューにもないこんな不味くて不完全な料理、お出しした私が悪うございました。下げましょう、その酸化しているというワインも」

店主は、佐熊が手にしていたワイングラスを強引に奪い、パスタの皿も厨房へ持っていった。そして蛇口からコップに水を入れると、「お口直しにどうぞ」と佐熊の前に置き、「飲んだらあなたも下がってください。私はあの腐ったとあなたの主張する料理とワインを味わえるお客様を大切にしておりますので、わざわざそんなものを食べに来て文句を言う方にはご縁がありません。お引き取りください。むろん、お代はけっこうです」と通告した。

「何だ、客に対してその態度。何様だよ、あ？　おたく、客商売ってことの意味がまったくわかってない！　こんなバカにした態度とって、よく店やってるね。嬉々としてありがたがる客も客だよ、平然と騙《だま》されて。バカ同士、つり合ってるってか？　俺は泣き寝入りしないよ。精神的苦痛を与えられたんだから、それなりに償《つぐな》ってもらうよ。どんな商売だって、てめえの過失から客に損害を与えたら、補償するのが筋ってもんだろ」

「だからお代はけっこうです」

「食えもしないもの、払うわけねえだろ！　そんなの補償って言わねえんだよ！　もっと客の立場に立って、埋め合わせしなさいよ」

「ゆすりか？　脅迫の現行犯ですぐ警察に来てもらおう」

電話機のところへ行こうとする店主の腕を、佐熊はつかんだ。

「待てよ。そうやって人の話逸《そ》らして、逃げるんじゃねえよ。呼ぶのは警察じゃなくて保健所だろ」

「必要なら警察が呼ぶだろ」

脳が破裂するような感覚があり、佐熊の意識は一瞬飛び、気づいたら「ざけんな！」と叫んで店主の胸に頭突きを食らわそうとしていた。店主は間際でわきに避《よ》け、佐熊はあえて大げさに壁に激突した。そして激しく痛がり、「傷害だ！　暴行だ！」と喚《わめ》き、テーブルの上の塩の瓶を投げつけ、さらには椅子を振り上げた。自分をコントロールして意図的に暴れているのか、我を忘れて暴走しているのか、自分でも判別がつかない。店主は、佐熊の開いたみぞおちに下からパンチを見舞った。息が止まりそうになり、佐熊はうめいてくずおれる。店主が一一〇番しているのが、かろうじて聞こえる。

警察官二人が現れると、佐熊は自分の傷を示しながら、いかがわしい料理を批判したらいかに手ひどい暴行に遭ったか、しつこく説明した。警官がうんざりしているのをわかっていながら、もはや自分でも止められない。店主は笑顔で、顔なじみらしい警官に尋ねられるまま、淡々と答えている。それぞれの言い分を聞き終えると、警官たちは小声で相談したのち、警察が正式に処分するような案件じゃないから、佐熊さんも図領さんもお互いに寛容になって、仲直りしなさい、と二人に促した。店主は満足げにうなずき、久保田の碧寿《へきじゅ》を一升、佐熊に進呈することでケリをつけようと提案してきた。腹の収まらない佐熊は、一升瓶を受け取りつつ、「これは例外中の例外だからな。普通だったらこんなことじゃ済まされないよ。お巡りさんのメンツを立てて、今日は引っ込むけどよ」と、やくざみたいな捨てゼリフを残して店を出た。

しばらく歩いてから振り返ると、店主が店の玄関で塩をまいているのが見えた。店主はこちらに気づいて微笑み、頭を下げたが、佐熊は無視した。

徹底してつぶす、絶対叩きつぶしてやる、とつぶやきながら、数分後に自分のアパートに帰り着くと、佐熊はさっそくブログに上げる文章を、取り憑《つ》かれたような勢いで打ち始めた。

一時間半かけて完成させると、今度は録画したムービーをパソコンに取り込み、ブログの文章と合うような形に編集していく。

できあがったらアップロードし、いくつものアカウントを駆使して、あちこちの掲示板やSNSで拡散する。それらのまとめサイトも作る。さらに、麦ばたけと松保商店街を貶《おとし》めるどぎつい文言を記したビラを作って、プリントする。

すべてが完成したのは、夜が明けようかというころだった。足をすくわれるようなミスをしてないか、いまいちどチェックしながら、佐熊は満たされた気持ちに陶然となる。不満が破裂せんばかりに高まり、怒りが沸騰すればするほど、同時に佐熊は高揚し集中力が増すのだった。ネット上の期待に応えてあり余る掘り出しモノのネタを仕込めたという興奮が、佐熊に巨大な誇りの感情を与える。特に今回は近年でもまれに見る大当たりの予感がある。大きな波が押し寄せるだろう。

佐熊は宣戦布告のつもりで、麦ばたけのホームページに記されているメールアドレス宛に、メインで使っているハンドルネーム「ディスラー総統」の名で、自分のブログのURLを貼り付けた次のようなメールを送った。

〈麦ばたけ　御主人殿
今日はゴチソウサンでした。おたくの店、宣伝しておきました。
以下の日記を、私が掛け持ちして持っている複数のブログにアップしておきました。
さらに精進してください。
ディスラー

(」゜□゜)」(」゜□゜)」(」゜□゜)」(」゜□゜)」(」゜□゜)」(」゜□゜)」(」゜□゜)」〉

この暴力居酒屋にご注意！

4月25日（土）投稿

今日も私の経験値が上がる出来事があった。人間、日々是修養である。成長する材料には事欠かない。このお店には、私を更に成長させてくれて有難うと感謝したい。

残業で帰宅が深夜零時に近くなったため、自宅近くの松保商店街で目を付けていた、「夕飯のとれる居酒屋　麦ばたけ」に入ってみた。その時間で食べられる処といえば、ラーメンか牛丼、もう飽きていたのである。

成る程、繁盛していると評判の店、内装は感じ良く、これ又その内装にマッチした爽やかなマスターが出迎えてくれる。

しかし、好印象だったのは、僅かにそこまで。看板の夕飯を頼もうとしたら、悉く売り切れ。何でも、その日は想定外の数の客が来て、料理が終わってしまったのだと。

これで客商売というから呆れる。リスクに対して何の備えもない。「夕飯のとれることを売りにしているんだったら、夕飯がなくなった時点で店を閉めたらどうですか？　それを当てにしてきた客に失礼でしょう」と私は穏やかにアドバイスした。すると店長氏、「そんなことしたら、お酒を当てにしてくる客に失礼です」とのたまった。素直じゃない。宜しくない。

しかし、ここは抑えて、「折角、当てにしてきたのだから、何か簡単なものを振る舞ってください。早く出来れば何でも構いません」と丁寧に頼んだ。店長氏、「仕方ありませんね。その代わりこちらにお任せしてもらいますよ。メニュー外の特別サービスだから、お代も特別に頂きますよ」と来た。その横柄な態度にムカッと来たが、ここで大人げない言い争いをするより、一刻も早く空腹を満たしたかったので、黙って肯いた。

待つこと、何と半時間以上。詫びの一言もなく、鶏肉が申し訳程度入ったクリームソースのスパゲッティが出てきた。頼みもしないのに、白ワインも添えられて。

その湯気を一息嗅いで、私は店長氏のしたことを察した。酷く臭うのである。空腹のはずなのに、私の胸はうっとなって戻しそうになった。恐らく、古くなって捨てるはずだった冷凍の鶏肉とクリームソースをレンジで解凍し、それを誤魔化すためにあれこれ加えて試して、時間が掛かったのだろう。その証拠に、ワインを入れたために出来たと覚しき牛乳の粒々が大量に浮かんでいる。

一匙だけ口に入れるのが精一杯だった。有機物の腐敗臭が鼻を突き、苦味の混じった酸味が舌を突く。口直しをしたくてワインを含んだら、これまた鉄錆びのような味。流石に私も我慢ならず、料理が饐え、ワインが酸化している旨を指摘した。店長氏の言い訳は、隠し味に腐った魚汁を入れてるだの、この店の常連はこの味が分かるだの。私が、「お客さん相手にこんな代物を出すような舐めた態度を取っていると、いつか自分に跳ね返ってきますよ」と忠告したら、突然逆ギレ。他の客がいないのを幸いとばかり、「クレームを付けて只食いしようって魂胆だろう、カネ払うまでは返さないからな」と私の襟首を絞め上げる始末。私が「警察を呼びますよ」と忠告すると、私の顔や腹を殴るだけ殴った挙げ句に、自ら一一〇番したのには啞然としました。この訳の分からない男の理不尽な暴力に、死ぬ程の恐怖を味わいました。

普通なら墓穴を掘る所なのですが、現れたのはこの商店街を管轄にしているオマワリ氏。店長氏とニヤニヤ目配せをし合う仲で、私は悪い予感がしました。案の定、私は唯のクレーマー扱いされ、暴力のことはなかったことにされ、穏便に済ませてあげるから、ここはもう帰りなさい、代金はチャラということで話はつけたから、とオマワリ氏に促されては、一市民の私にはどうにも出来ません。

こうして何人の客を泣き寝入りさせてきたのでしょうか。全く客を舐めるにも程がある。世の中を舐め過ぎである。夕暮が丘の近くだからって、雰囲気だけお洒落っぽくすれば人は寄ってくるだろう、見てくれだけ小金をかけて料理は手を抜いても分かるまいなどという店は、すぐ潰れる。事実、この商店街はそんな店ばかりが集まってきては、次々に潰れて入れ替わっていく、実に浮ついて堕落した場所なのだ。

全く今の世はニセモノばかりだ。こんな詐欺紛いのぼったくり遊園地みたいな居酒屋が、大きなツラをして、寂れていく商店街を乗っ取ろうとしている。嘆かわしい、実に嘆かわしい。
お陰で私には、ニセモノを見抜く目が更に一つ備わったという次第だ。
皆さんも、こんな暴力詐欺居酒屋には引っ掛からないように、ご注意あれ。

データ
店名：夕飯のとれる居酒屋　麦ばたけ（店長・図領幸吉）
住所：東京都城南区松保3-6-17（↓地図）
電話番号：03-876B-765F
メールアドレス：fieldofdreams6183@pineguardmall.com

いち「麦ばたけ」ファン〉

シャワーを浴びてから、ネット上にまき散らした文章への反応をチェックする。自分の行動を期待しているネットの民たちが、思ったとおりに燃え始めてくれている。アカウントをめまぐるしく替えながらそれらを煽《あお》る書き込みをすると、ようやく気持ちが落ち着いて、佐熊は眠りにつくことができた。

栗木田 1

図領さんから栗木田康介《くりきだこうすけ》にLINEで連絡が来たのは、白河肇《しらかわはじめ》と路上飲みしているときだった。

「まもなくうちの店から出てくる男をつけてくれ。手入れすればそれなりのイケメンになれるのに、してないがためにダサさの極致にある四十前後のスーツ男。見ればすぐわかる」という用件だった。栗木田は自分の求められていることをすべて了解した。

麦ばたけの前で待ち伏せしていると、すぐにそれらしき男が出てきた。濃いめの顔立ちなのにおかっぱにしているのは、どんな考えあってのことだろう。

男の態度は尋常ではなかった。茹でたような色をして、ときおり何か吐き捨てるような勢いで独り言をつぶやいている。男は商店街を松保四丁目のほうへ曲がった。三ブロック行って南八《なんぱち》通りにぶつかる手前のアパートに入っていく。一階の奥から二つ目の部屋だった。少し間を置いてから栗木田は近寄って表札を見る。何も書いていない。栗木田はあたりに誰もいないことを確かめると、かがみこんで、扉の下方の隅に目立たないよう小さく、油性マジックで「□」の印を描いた。

ミッションが完了したことをLINEで報告すると、栗木田は自分のねぐらに帰った。部屋をシェアしている犬伏献《いぬぶしけん》が、今日も眠れない、とぼやいた。仕方なく、栗木田はこの日もいつもの会話を繰り返した。それはひたすら犬伏を否定し罵倒《ばとう》しまくるというものだった。

最初は、犬伏が毎晩、自分の先行きをあまりに悲観的に嘆くので、いい加減にイライラして、おまえはどうしようもない人間のクズだと否定したのだった。そうしたら止まらなくなり、いわば犬伏を言葉で殴り殺すかのようになってしまった。犬伏はひどく傷つきすすり泣いていたが、その嗚咽《おえつ》の合間に、俺は何で栗ちゃんがこんな苛烈に俺のこと罵るのか、ほんとはわかってるんだ、俺がほんとに最低のクズだからってこともあるけど、じつは栗ちゃんは自分自身のことを罵ってるんだ、俺に言ったことはそっくりそのまま、栗ちゃんにも当てはまるってこと、俺はわかってるよ、栗ちゃんは自分にそんなこと言えないし、言ったらクズの自分を認めることになるから、絶対言わない代わりに、俺に言ってるんだよ、俺は栗ちゃんのためにこの罵倒を甘んじて受け入れるよ、クズだと認めるのも悪くないってこと、こうして実例として栗ちゃんに見せつけてやる、と言った。犬伏の指摘はあまりにも正しく、栗木田の心に突き刺さった。以来、栗木田は己を忘れないためにも、しょっちゅう犬伏を罵り倒すのだ。そして日常化の必然として、それはひたすらエスカレートしていった。

ともに深く傷つき、しかし得がたい解放感も覚えながら、疲労の極限でようやく明け方に寝入る。単発のアルバイトをする以外無職の二人には、時間の縛りはないのだった。

昼下がりになって目を覚ますと、また図領さんからLINEにメッセージが入っていた。昨日の男が早くも報復に出ていて、商店組合の店にも影響が及んでいるという。本名は佐態で、ネット上では「ディスラー総統」という名で悪意をまき散らし、狙った人物を平穏な生活から突き落とすまで徹底的に貶めることで有名な存在らしいということで、昨日の一件を暴露した佐態のブログのURLが添付してあった。

栗木田はディスラー総統がらみの情報をネットで調べてから、商店組合の事務所に行った。麦ばたけの休み時間に来ている図領さんが、電話で受け答えしている。内容からして、まさしくディスラー総統のブログを読んでの便乗バッシングだった。

「さっきからずっとこんなありさまでさ」と、ようやく電話から解放された図領さんが呆れ顔をしたとたん、また呼び出し音が鳴り始めた。

「いい、もうほっとこう」

「俺が電話番しときましょうか」

「いい。キリがない。店にいてもこの調子なんで、電話回線抜いちまった」

図領さんは、他の店にも、おたくの商店街はこんな暴力店を野放しにしておくのか等、いちゃもんの苦情電話がいくつか来ていると説明した。

「こういう連中は構ってほしいだけなんだろうから、無視してるのが一番いいのかな」

「いや、実力行使してくるっていうか、そうしたくてうずうずしてる連中を暗に刺激してけしかけてるみたいなんで、無視してると無抵抗だと見なして過激化してくる可能性もあると思いますよ。これは見ました？」

栗木田はYouTubeの動画を開いた。それはディスラーが「腐ってる」とクレームをつけてから帰るまでを隠し撮りしたもので、都合の悪い場面は巧妙に編集され、どう見ても図領さんのほうが悪質に感じられるようにできている。視聴数は半日ですでに一万を超えている。

眉をひそめて顎のヒゲをしきりにいじりながら見ていた図領さんは、動画が終わると何度もうなずき、「どうしたら効果的だと思う？」と尋ねた。

「ブログで反論して、ディスラーが文章ばらまいてるところにばらまき返したらどうでしょう。ばらまくのはカジーニョに頼んでみます」

「なるほど」

図領が文章を書いている間、栗木田は犬伏と白河を呼び出して、商店街を見回った。明らかに、いつもの土曜日の午後よりも人通りが少なかった。ネットだけの影響がこんなにすぐに出るはずがないと言い合っていたら、その理由を発見した。ジャイアンツのメガホンと金属バットを持って、暴力居酒屋、悪徳商店街に気をつけましょう、皆さん、騙されたり殴られたりするので、この地域には立ち入らないようにしましょう、と叫んで練り歩いている三人組がいたのだ。白河を松保神社交番に走らせて、村井巡査を連れてくる。警官の姿を認めると、三人はばらばらに逃げていった。

他にも、麦ばたけや商店街の写真をこそこそと撮っている者もいた。図領さんのところには、駅でこんなビラを渡され、ここは危険だから警察も警戒してるんですよ、悪いことは言わないから、隣の夕暮が丘に行ったほうがいいですよ、と忠告された、と、商店組合の家族が教えに来たそうだ。

夕方には図領さんの文章はできあがり、図領さんが店に戻るのと入れ替わりに、栗木田とカジーニョこと梶賀《かじか》が、商店組合のパソコンを借りてアップロードの作業をした。

宮門 1

クリーニング店「エレガンス」の宮門常安《みやかどつねやす》が、蕎麦処「滝乃庵」の滝鼻《たきはな》さんから、「麦ばたけ騒動」のおかげで商売上がったりだっていうぼやきがあちこちで上がってるらしい、うちも今日は出前以外さっぱりだよ、と電話があったのは、もう夜七時を回った夕飯時だった。滝鼻さんから騒動の顛末《てんまつ》を聞いて、それなら麦ばたけに食べに行きがてら図領の様子をうかがってこようと、やもめ暮らしの身軽さを活かして宮門は出向いてみる。

宮門の顔を見るなり、図領は「あ、副理事長。この度は私の不徳のいたすところで、商店組合にすっかりご迷惑をおかけしてすみません」と頭を下げたのだから、やましいと同時に、やがて宮門が小言を言いに来ると踏んでいたのだろう。宮門は、「何でもっと早く報告してくれないの。今さっき滝鼻さんから聞いたばっかりで、恥かいちゃったじゃない。理事長には伝えた？」と、期待に応えてあげた。図領の義理の父である阪辺理事長にはいち早く知らせていることなどわかっているので、嫌味として言ったのだ。

「はい。明日の定例理事会で経緯を皆に説明するように言われました」

「明日じゃちょっと遅いぐらいだよね。この、エビひしめくパエリャ風ピラフ、っていうのをもらおうか」

「ありがとうございます」

「この店も、食事時だってのに人っ子一人いないねえ」

「ほとほと参ってます。こうですから」

図領は一枚のビラを見せた。「暴力居酒屋に気をつけよう！」と大きく書かれ、近ごろ詐欺まがいの居酒屋が増えている、危険ドラッグを混ぜたお酒を飲ませて、意識が混濁しているときにぼったくったり紙幣を抜き取ったり、わざと事件事故を起こさせたりする、その一例として昨晩「麦ばたけ」で……云々と説明され、警官が厳しい目つきで図領に事情を聞いている写真も印刷されている。

「こりゃあ質《たち》が悪いね」

「駅の改札出たところで配ってたそうです」

「だけど、こんな目に遭ってお気の毒だとは思うけどさ、もうちょっと穏便な対処のしようがあったんじゃないの？　警察呼ぶなんてことするから、相手も収まりがつかなくなったっていうかさ。店がトラブルに巻き込まれたら、どのみち商店街には迷惑かかるんだし、わざわざ火に油注ぐような真似しなくてもねえ。ましてあんな質の悪そうなの、図領君なら一目見ればわかるでしょう」

「質の悪いのに捕まったのはぼくの責任もクソもありませんが、その応対については、確かに甘かったかもしれません。後手には回りましたが、しっかりと対処させてもらいます」

「事務局長も商店街活性化のためにいろいろ革新的なアイデア打ち出してるけどさ、肝心の自分の店が足引っ張っちゃ、笑えないよね」そう言って宮門は大声で笑った。

「いや、もう、まったく副理事長のおっしゃるとおりで、面目ないです」

「派手に人目を引いてお客さんに来てもらおうって発想ももちろん大事だけど、地道さも忘れちゃいかんでしょう。ぼくら古い連中はそうやってきたわけだし」

「ごもっともです」

「ま、しばらくは変なやつらを刺激しないように、おとなしくね」

「重々、承知しております」

今度ばかりはそうとう懲りただろう、と確認できて宮門も上機嫌になり、同情の念が湧いたので、お勧めのワインを奮発して注文してあげた。


それなのに、図領はあっさりと宮門の忠告を無視した。まあ、最初から聞く気もなかったのだろう。宮門とて、図領がそんなしおらしいタマだとは思っていなかったが、やはりこうも堂々と裏切られると、愚弄《ぐろう》されたという怒りで体が震えてくる。

翌日曜日の定例理事会は、午前十時始まりだった。宮門が十分前に集会室に入ると、すでに来ていた鮮魚「魚舘《うおだて》」の舘沢弘務《たてざわひろむ》が、宮門にプリントアウトした紙を見せてきた。舘沢の三代目でまだ三十代の弘務は、パソコンとかＩＴに強いため、宮門や滝鼻さんの情報担当として何かと使えるのだ。

「今朝、事務局長が新しく開設したてのブログです。図領さん個人のブログで、商店組合とは一応は無関係ということになってます。この会議の前に一応目を通しておかれたほうがいいと思って、急いで印字してきました」

舘沢は息をするような小声で、宮門だけに聞こえるように言った。店ではあんなによく響く大声なのに、どうやってこんな技を身につけたのか、宮門はいつも不思議に思う。

「若たっちゃんはどうやって知ったのよ？」

宮門にとっては引退した二代目舘沢が「たっちゃん」なので、息子をこう呼んでいる。

「例のエージェント経由で」と舘沢は笑いながら言った。舘沢は、図領の妻である旧姓阪辺秋奈と、区立の松保小、松保中で同級生であり、舘沢の妻の旧姓三住結子《みすみゆうこ》は秋奈の親友なのだ。

「結子ちゃんのほうが若たっちゃんよりできがいいや」と宮門も笑い、手渡されたブログのプリントに目を落としたとたん、怒髪天を衝きそうになった。

〈4月26日（日）

「夕飯のとれる居酒屋　麦ばたけ」は、暴力居酒屋でも詐欺まがいでもありません。

私は浜急春夏線、松保駅の松保商店街に店を構える、居酒屋「麦ばたけ」の主人、図領（ずりょう）と申します。この名前でピンとくる方は、おそらく「ディスラー総統」氏がインターネット上で公開している、「麦ばたけ」批判の文章をすでにお読みのことでしょう（↓コチラ）。

私としては、ディスラー総統氏の文章には「批判」という言葉は当てはまらず、「誹謗中傷」と呼びたい気持ちです。氏の文章が公開されてから、私の店はおろか、松保商店街までお客さんが激減してしまいました。謂《いわ》れのない中傷で被害に遭ったので、松保商店組合としては訴訟を検討しているところでございます。

誹謗中傷と言いたい理由は、ディスラー総統氏が事実をねじ曲げ、私の店を故意におとしめて書いているからです。皆様にご判断いただくため、私の体験した事実を、できるかぎり客観的に記そうと思います。

ディスラー総統氏が深夜零時過ぎ、閉店間際に入ってこられたとき、料理がほとんど終わっていたことは事実です。予測を上回るお客さんがあったことは私の見通しが不足していたせいだというのも、その通りです。これらの点については、私の至らぬところとして大いに反省しております。

夕飯のとれることをうたっている以上、何か食事を提供すべきだというディスラー総統氏のご指導のもと、私はそのとき手もとにあった食材から、鶏肉とキノコのホワイトソースパスタを提供いたしました。「料理が切れたら閉店すべきだ」とか、「閉めたらお酒を当てにしてくる客に失礼だ」といったやり取りはございません。ましてや、「仕方ありませんね。その代わりこちらにお任せしてもらいますよ。メニュー外の特別サービスだから、お代も特別に頂きますよ」などと申し上げてもいません。逆に、ディスラー総統氏の「迷惑かけられたんだから何かサービスしてほしい」との言葉に、ごもっともだと思い、グラスワインをお付けすることを申し出ました。ディスラー総統氏は、「じゃあ赤と白。ハウスじゃなくてそれなりのボトルのね」と二杯をご所望になりました。「頼みもしない白ワイン」を提供したりはしておりません。

ディスラー総統氏が十五分以内に作るように要望されたため、ところどころをはしょり、火力を強くしてタマネギやキノコを炒める時間も短くし、超高速で調理いたしましたが、ディスラー総統氏は途中で「ほらもう時間。ブー、ブー、遅い、遅い」と催促なさいます。肝心なところの手を抜くわけにはいきませんので、焦らないでソースを作りきってから持っていくと、「二十三分もかかった。俺だってもっと早く作れる。プロ失格だ。見通しは甘い、手際は悪い。店なんか持てる身分か」とお叱りを受けました。

ディスラー総統氏は、一口食べるやいなや、「腐っている」とおっしゃいました。においうし、ソースに牛乳のダマが浮いている、ワインも酸化しているというのです。鶏肉とキノコはその日に通常のルートで仕入れた新鮮なもので、他の料理にも使いましたし、調理直前に傷みがないかの確認も怠りませんでした。ワインも、ワインセラーによって厳重に品質管理しております。私が料理を確かめたところ、においは隠し味として二滴ほど垂らしたナンプラーによるもの（魚を発酵させた調味料だとご説明申し上げましたが、ディスラー総統氏はブログで「腐った魚汁」と表現されました）、ダマはおそらくディスラー総統氏がソースに独自に白ワインを垂らしたことによるものと確認いたしました。白ワインのグラスの外側に滴《しずく》がしたたった跡があって、テーブルクロスを少し濡らしていました。ご存知のとおり、牛乳に冷たいワインを混ぜると、酸によりダマになります。ディスラー総統氏はご自身で料理をアレンジされようとして、ワインを注いだのだと拝察します。

氏はワインと牛乳の相性の悪さをそれまでご存知なかったようで、私の指摘に激怒されたのでした。この点は、確かに客商売を営む者として、反省すべき点だと自覚しております。こちらは専門家、お客様は一般の方、事実をズバリと指摘してお客様に恥をかかせるような真似は慎むべきで、未熟の限りでございます。

しかし、お客様は当店の料理についてその後、非常に下品な表現で卑《いや》しめたのでした。私にもプロの料理人としての矜恃《きょうじ》がありますから、言われたままでいるわけにはまいりません。そんな言い方をするほどお口に合わないのなら、食べていただかなくてけっこうです、お代はいただきませんからお引き取りください、ということを申し上げました。間違っても、「クレームを付けて只食いしようって魂胆だろう、カネ払うまでは返さないからな」と言って襟首を絞め上げるような真似はいたしておりません。代金を払わないのは当然だ、それ以上に補償しろと要求されたのは、ディスラー総統氏のほうでございます。

こういうとき、日本のお店は、お客様にめっぽう弱い。強く反論すると逆に店の評判が悪くなるんじゃないかと恐れて、穏便にことを収めようとする。理不尽なまでに暴力的で威圧的な罵倒や要求を突きつけられながら、ぺこぺこと頭を下げ、「すみません、すみません、それは勘弁してください」などと、お詫びともとれるような卑屈な態度でやり過ごそうとする。

だから、つけ上がるのです。クレーマーを許すからエスカレートするし、クレーマーが増えるのです。評判が悪くなることを恐れて、暴力を許していいんですか？　そうやって暴力と不正がはびこることに加担するんですか？　私は嫌です。たとえお客様であっても暴力団様であっても、間違った態度で無理難題を突きつけてきたときには、きちんと反論をすればいいのです。それがプロの商売人としての責任です。

ストレスが飽和して苛立ち、今すぐ誰かを叩きのめしたいという衝動に駆られている人たちは、潜在的にたくさんいることでしょう。店員だとか駅員だとかであれば、叩いても反撃してくることはなく、ことを無難に収めようと小さくなるばかりなものだから、叩きやすい。叩き甲斐もある。誰かがそういう行為に及んでいる場面も、しばしば目にする。だったら、自分もやったって問題にはならないだろう、やらなきゃ損ソン、なっちゃいない店員や駅員をガツンと教育してやるだけだから、むしろ善行だ、という意識が、普通の人々の間に浸透していくのです。

これに歯止めをかけるのは、間違ったことは許さないという態度です。ディスラー総統氏の行為は、明らかに度を越していました。だから私ははっきりと「あなたの態度はゆすりですよ。脅迫の現行犯ですよ。だから警察を呼びます」と告げて、電話機を手にしたのです。

すると慌てたディスラー総統氏は、私を止めようと、私の胸めがけて頭突きを食らわしてきました。私はよけました。激高したディスラー総統氏は調味料の瓶を投げつけ、さらに椅子まで振り上げます。仕方なく、私はディスラー総統氏のみぞおちを突いて、へたり込ませました。そして警察を呼びました。これ以上の暴力沙汰は、店にもディスラー総統氏にもシャレにならない事態をもたらすだけなので、最小限の暴力で大きな暴力へヒートアップするのを止めたわけです。

駆けつけた二人が顔なじみの松保神社交番の巡査だったことは確かです。私は松保商店組合の事務局長ですから、しばしばやり取りすることもあり、一定の信頼関係を築いております。ですから、ああよかった、私のことをよくわかっている警官だからおかしな誤解は生じないだろうと、ホッとしたのも事実です。実際、お二人の巡査は、ディスラー総統氏の言い分は誇張されていて、警察が関わるような話ではないと判断してくださいました。そして、警官のアドバイスに従い、私はご迷惑をおかけしたお詫びとして、ディスラー総統氏に久保田の碧寿一升瓶をお渡しし、ディスラー総統氏も不満げながら、了解してお帰りになったはずでした。

ところが、翌日、あのような誹謗中傷を文章とし、隠し撮りしていた動画まで都合よく編集して、公開したわけです。そもそも、クレームをつけ始めるところから動画を撮るという行動が、意図的な印象を与えはしないでしょうか？　純粋に苦情を言いたいのなら、動画を準備する必要はないでしょう。最初から公開するつもりでことを運んだのではないか、と勘ぐられても仕方ないと思います。さらには、昨日の土曜日には、「麦ばたけ」では危険ドラッグ入りの酒を飲まされる、と事実無根の中傷を書いたビラまで作って、駅や商店街を行く人々に配っていたのです。また、ディスラー総統氏のブログに悪乗りして、商店街で威圧的に罵声をあげながらお客さんたちを怖がらせている若者グループもいました。すぐに警察が追い払ったので、商店街の安全は守られています。

私の言い分に疑念を覚える方は、松保神社交番の村井巡査に経緯をお尋ねください。また、私のお店に来ていただければ、私もお話しいたします。それで、私がどんな人間か、見極めてください。

同じことが何度起ころうとも、私は同じ態度を取ります。たとえお客様であっても、間違った要求やクレームや暴力には、絶対に屈しません。不公正なクレームや暴力には、断固として反論します。それが、卑怯な暴力をストップし、また威圧的な要求に対して自分たちが卑屈にならずに堂々と拒否できるようになる、最良にして最短の道だと私は信じています。これをお読みの皆さんも、勇気を持って、卑劣さに立ち向かってください。自分の鬱憤を晴らしたいがためにディスラー総統氏の卑しい中傷の尻馬に乗るような真似は、控えてほしいです。自分が惨めになりますよ。

私はすでにディスラー総統氏の身元を特定しております。これから、商店組合として告訴する手続きを進める所存です。

麦ばたけ店主　図領幸吉〉

異常に興奮し始めた宮門を舘沢はなだめすかして、図領がこの場に顔を出すなり両者が衝突するような事態は、とりあえず免れた。

だが呆れたことに、理事会が始まり、「クレーマー事件の真相」として報告をするにあたって、図領は自ら、自分のブログのコピーを配布したのである。挑発だとわかっていながら、宮門は噴火を抑えることができなかった。

しかも報告が終わるやいなや、阪辺理事長は次の議題へ移ろうとした。普段は進行を務める事務局長が、この日は当事者のため、理事長が仕切っていた。宮門はすかさず挙手し、指名を待たずに発言した。

「昨日の段階でも、複数の店舗から、経営に支障が出ているとの苦情が寄せられています。こんなあからさまに焚きつけるような対応をしたら、むしろクレーマーからの攻撃を呼び込んで、状況は悪化するんじゃないですか。だいたい、組合に諮《はか》りもしてないのに告訴を検討してるだなんて公表するって、どういう了見だ？　この件における図領氏の責任の所在も含めて、今後の対応について明確化することを提案します」

「同感！」とすかさず滝鼻さんが加勢してくれる。

「えー、という宮門副理事長からのご提案がありましたが、いかがでしょうか」理事長が事務的な調子で出席者を見回す。

「では宮門さんは、ことを荒立てないために、連中に好き放題言わせておけとおっしゃるんですか？　そんなことをしたら、それこそ思う壺じゃないですか。ぼくは図領さんの対応に賛成ですよ」

正面切って反論してきたのは、麦ばたけの隣で「蛇ノ目寿司」の板前をしている笹《ささ》古《こ》哲矢《てつや》だった。先代笹古の入り婿で、図領のアドバイスを受けて店舗を改修し、サービスにも新機軸を導入したところ、食べログでの評価が3・5を超え、投稿数も増え、収益が目覚ましく伸びたと言われていた。以来、図領を積極的に支持している。

「誰もそんなことは言ってない。事実はこうでしたって、淡々と書けばいいじゃないですか。おかしなことを言う客には毅然とした態度を取るとか、しもしない告訴をするだとか公言して、余計な挑発をしなくていいんです。実際には、理不尽な要求を断ることがあってもいいとは思いますよ、暴力さえ振るわなければ。でも、わざわざ宣言する必要はないんです。おまえはクレーマーだって、名指ししてるようなもんじゃない。だから相手も引くに引けなくなるんです」

「俺らの若えころだったら、そんな考え方は敗北主義だって、批判されたな。なあ、宮ちゃんよう」と「花房靴店」の主の英太郎《はなぶさたろう》が言った。

「エータローと違って、ぼくは学生運動には手を出してないんでね」

宮門は、家業を継ぐのに大学なんて出る必要はない、と言う父親を説得して進学させてもらった以上、学生運動なんてハシカみたいなものにかかってる暇はないと無視してきたし、時代が下ってそれが正しかったことが証明されたと思っている。エータローと「松保花壇」の芳倉諒子《よしくらりようこ》は学生運動にのめり込んだクチだから、図領がよく口にする「改革」とかいう言葉に弱いんだ、と、宮門は苦々しく思った。案の定、宮門の内心が聞こえたかのように、芳倉が「事大主義じゃあ滅亡するって、まだわからないかなあ」と言った。

「何でもいいけど、お客さんが戻ってくれるかどうか、でしょう? 私も副理事長と同じで、これではかえっていたずらをエスカレートさせるようなもので、お客さんをさらに遠ざけちゃうという、副理事長のご意見に賛成です」

滝鼻さんが、議論を本筋に戻してくれる。

「事務局長だって、わかってるんですよ」と宮門は補足する。「昨日の晩、この件でぼくは事務局長とサシで話し合いました。ですよね?」

宮門が同意を求めると、図領は首を縦に振った。

「そのときに、今みたいなことを忠告したんです。刺激したら逆効果だって。そのとき事務局長は、重々承知してます、って同意したんだよ? だから慎重になってくれると思ったのに、何ですか、この文章は」

宮門は最後を激高するように言い、左手に持ったブログのプリントアウトを右手の甲でぱしぱしとはたいた。

「ですから、約束は守りました」場の空気を変えようとしたのか、図領は妙にのんびりのほほんとした調子で言い返した。「私はディスラー総統氏を誹謗中傷したりしないように細心の注意を払いました。書いた内容は事実だけだし、余計な色もつけてません。告訴云々は、これでディスラー総統氏の意気をくじくことができるから、表明しました」

「それが挑発だって言ってるんだよ！」

「それはあくまでも副理事長のお考えであって、私は必ずしもそう思いませんけど」

「まあ、これ以上議論しても、あとは売り言葉に買い言葉になるだけですから、もうよしとしましょう」と理事長の仕切りが入る。「仮に本当に訴えるとなった場合、その準備はできてるんでしょうな？　事務局長のほうで全責任を負えるんでしょうな？」と理事長は確認し、図領はうなずき「そのために警察を呼んどいたわけですから」と答えた。

「それなら結構。事務局長の打った手が吉と出るか凶と出るか、こればかりは実際を見ないとわかりません。ただ、凶と出た場合でも、われわれが明日にでも店を畳まざるをえないような窮地に追い込まれるわけではありませんから、様子を見てからその結果次第でまた考えるので十分でしょう。何もしてないわけじゃなく、手は打ったわけですから。いかがでしょう？」

　理事長の言葉は、これで打ち切りにするぞという強制力を言外ににおわせていたが、宮門は食い下がった。

「ぼくは甘いと思いますがね、理事長がそうまでおっしゃるのであれば、異論はありません。ただし、いつまで様子を見るのか、そのときに凶と出ていたら、今回の措置を独断でとった事務局長の責任はどうなるのか、そこははっきりさせておくべきだと思います」

「凶と出たら、それはそれですぐわかるんじゃないですか」と「文具と本の彩文堂」店主、仁川林平《にかわりんぺい》が言った。

「曖昧はよくないような気がします」舘沢が控えめに意見する。

「では、来月の定例理事会まででどうですか。もちろん、閑古鳥状態が一週間も続くといった緊急事態が生じれば、そのかぎりじゃありません。臨時の総会を開くなど、迅速柔軟に対応していきたいと思います。異論はございますか?」

口を閉じろという圧力だったが、宮門はひと言付け加えずにはいられなかった。

「そういった悪化のほうへ転がった場合は、理事会の体制を変えるぐらい思い切った対応をしていかないと、乗りきれないと思います。そういう可能性だってあることを、理事のみならず、商店組合のメンバー全員に意識してもらって、ことに当たってほしいと思います」

失敗したら図領の失脚を含め、理事会の改選を臨時に行うことを、商店街のみんなに言いふらすからな、という宮門の宣告だった。

秋奈　1

　昨日の夜から、何かが変わろうとしていることにいち早く気づいていたのは、図領秋奈だった。麦ばたけを終えて帰宅した夫が、まるで横綱のような異様に腹の据わった落ち着きで、「参ったよ、やられた」と秋奈につぶやいたとき、何か劇的な変化がもはや引き返せないような確実さで始まったんだな、と悟った。

　普段であれば、元来が短気な幸吉は、思いどおりにことが進まないとき、人前でこそ落ち着き払って見せるけれど、秋奈には苛立ちを隠さず、程度の低い愚痴をぶつぶつと漏らし続けている。結婚したてのころは、それが重い衝突に発展したことがあった。幸吉が不機嫌なまま延々と家事について文句を垂れ、ゴミ箱にかぶせておくポリ袋の設置の仕方が間違っていると「指導」し始めた瞬間、秋奈は我慢して適当にあしらうというのはやめることにし、反撃を開始した。家事は半々という約束なのにそんなに不満なら全部自分でやれば？　私のほうが稼いでるんだから、私は幸ちゃんがやってくれるなら異論ないから。そのほうがいちいち私を指導して矯正する手間も省けるでしょ、何なら幸ちゃんが仕事やめて家事に専念してくれたって私は全然困らないって、幸ちゃんもわかってるよね。

秋奈は実家の酒店を継ぐために、アメリカの大学でMBAを取った後、日本の大手酒造会社に就職し、十年務めた後に辞めて、いよいよ家業の経営に携わり始めたのだ。むろん、地元の商店街の酒屋さんで終わるつもりはなく、将来大麻等ハーブ系の軽ドラッグが解禁された場合、取り扱う権利をアルコール販売業者の一部に付与するよう、つまり酒類・軽薬物類として一つの法律で規定するよう、政官財界に働きかけていくという、壮大な野望を抱いていた。行政が、急拡大する社会の不満をコントロールするためには管理された薬物の使用も必要だと判断するのは、世界の流れを見ても時間の問題であり、闇の経済を太らせないためにも一部合法化が検討されるだろう。となると、その販売利権をめぐって、ジリ貧で血相を変えているタバコ業界や、肥大する一方の製薬業界と、激しい争奪戦が繰り広げられるだろうから、わがアルコール飲料業界としては今のうちに機先を制して、あくまでも酩酊《めいてい》をもたらす酒類と同等の扱いをするのがふさわしいと「洗脳」して、権利を独占したい。それが実現した暁には、大麻をたしなめる「コーヒーショップ」みたいな店も作っていきたい、そのために共同出資してバーをいくつか試験的に経営しているし、すでに麻の栽培を手がけている農家とも関係を築いている。そんな話を、当時、松保商店街に出店したてで匠酒店に出入りしていた幸吉と熱く語りあううち、意気投合したのだった。変えようとするイメージのスケールの大きさ、不屈の情熱、先の先まで考えている慎重さと、二人の意思には共通する部分が大きく、相手の語ることの意味が、まるで自分の頭の中から出てきたように、隅々まで理解できた。

結婚して共同生活をするようになっても、秋奈は実家の酒店の新しい経営者として、店での小売りは両親に任せながら、未来への布石を打つべく忙しく飛び回っていた。ほどなくして妊《みご》もり、立て続けに二人の兄妹を産んだ今は、母親の助けを大いに借りて子育てをしつつ、緩めたペースで計画を進めている。

そんなわけで、幸吉の店が軌道に乗っているとはいえ、着実に事業を拡大している秋奈にはまだ及ばない。だから秋奈にまごうかたなき現実を嫌味のネタに使われて、幸吉のプライドはひどく傷ついたのだった。学習能力の高い幸吉は、以来、愚痴をこぼすことはあっても、秋奈に当たることはない。

その幸吉が、穏やかな自信に満ちた目つきで、ディスラー総統なる男にしてやられたことを他人事のように面白がって説明している。そして、対抗措置としてこんなブログを書いたと言って、パソコンの画面を開く。

読み終わって幸吉を見たとき、その瞳は恐ろしいほど深く澄み切っていた。大気の一切ない真空の宇宙のようで、秋奈は吸い込まれそうになった。漆黒の黒目はまさに宇宙の闇で、星々が点と光っていさえする。幸吉の目の中には宇宙が丸ごと入っている！　秋奈は無力感のようなものを感じた。これから起こることは、何かわからないけれど知覚不能な巨大な存在によって運命として決まっていたこと、人間ごときには書き換えるのは不可能。そんな諦念に襲われ、気力が抜かれるような感じがする。

我に返って幸吉の目をいまいちど見つめれば、そこはもう宇宙ではない。何か幸吉を操っている存在が、一瞬顔をのぞかせたのだろうか。そしてそれは私をも操っている。私の将来の事業も、この大きな流れの一環として運命づけられているのだろう。

「自分で言うのも何だけど、このブログは魔法の言葉になるかもしれない」

「そうね、けっこう共感集めそうね」

「共感とかいうレベルじゃないよ。共感だけなら、人はそんなに集まってこない。きっとね、商店街に人が押し寄せてくると期待してるんだよね」

「なかなか言ってそうで誰も言ってない言葉だもんね」

「ここで大事なのは、口先だけじゃないってところだよ。俺はこういう考え方を言葉だけで言ってるわけじゃなくて、このように行動したんだよ。行動した結果、自分のしたことの意味を発見して、自分でも驚いたってわけだ」

「私には、あーあ、幸ちゃん、いつもは抑えてたはずの短気出しちゃって、って見えるけどね。商売では絶対短気出さない、出したら負けだって、いつも言ってたくせに」

「まあ、自分でもあの瞬間はしまったって焦ったけどさ。でもこうして何をしたのかわかってみると、満を持して、効果的に怒りを使用したって感じだな。しっかり貯めて熟成して制御できた怒りのパワーってのが、どんだけ計り知れない変革を実現できるのか、未来を覗《のぞ》いちゃった気がする」

「相手のほうが幸ちゃんより激しくパニクってたから、落ち着けただけじゃないの？」

「まあね、それもあった。秋奈にごまかしても仕方ないし、それは認める。でもそれだけじゃないし、そうじゃない部分にとてつもないパワーが秘められてるってことは、秋奈も感じるだろ？」

「まあ、確かに」秋奈も認めざるをえない。そのパワーに不穏な要素も混じっていることも。

「おまえならキャッチしてくれると思ってたよ、このでかい予兆を。これから忙しくなるよ」

「でもこれまでいろいろやってきても伸び悩んでたお客さんが、これだけで急に増えるかな」

「まず間違いない。何しろ、クレーマーを退治しようって呼びかけてるんだからね。クレーマーとは厄介な存在なんじゃなくて、公然と退治してよい害虫みたいなものだって、宣言したんだから。悪者退治をしたくてうずうずしてるやつらはわんさといるんだから、そいつらが大挙して押し掛けてくるよ」

「それはわかるんだけど、そうやって来てくれる人が、お客さんになってくれるのかな、ってことが心配。だって、麦ばたけだけ大盛況で、他のお店にはほとんどお金を落としてくれないなんてことになったら、気まずいじゃ済まないでしょう」

「その可能性は大いにあるけど、大丈夫、その点も手を打つことにしてある。まあ、徐々に計画的にね。いったんうまく回り始めたら、もう誰にも止められないから」

幸吉は自信たっぷりに言い、秋奈はまた諦めの感覚に脱力しながら、同時に期待に鳥肌を立てもした。

幸吉は翌朝、午前中にはうるさ型をなだめすかすための理事会、午後からはひょっとしたらブログの効果が早くも表れて忙しくなるかもしれない、今度こそ見通しを誤ってお客さんを帰すような真似をしたら終わるからな、などとひどく気合いを入れて出ていったが、空回りしたことだろう。酒屋は休みだし、秋奈は子どものお散歩も兼ねて、昼ご飯の後で商店街を散策してみたが、むしろディスラーの妨害工作の影響のほうが強く出ているのだろう、普段の日曜日に比べても明らかに閑散としている。もともと地元住民のための商店街だから、休日は静かだったのだが、松保が夕暮が丘に飲み込まれ始めてオシャレなお店が進出してから、数は少ないけれどそれまでとは違った客層が出現したことは確かだった。この日は、そんな客もあまり見かけなかった。通りにいるのは、手持ちぶさたで店の表に出てきて様子をうかがっている店主たちばかりなので、秋奈はぶらぶらしながら何人もの顔なじみに挨拶をする。特に知ろうとしなくても、必然的に理事会での攻防の様子を教えられることになる。

緊張したのは、道幅いっぱいに広がり、肩を怒らせてあたりを睥睨《へいげい》しながらこちらへ向かってくる、きなくさい三人組を見つけたときだ。これが例の中傷ブログに便乗して嫌がらせをしている人たちか、と背を向けたところで、三人組の一人から、「阪辺さん」と旧姓で呼びかけられた。声の主を見ると、日に焼けたスキンヘッドののっぽは、松保神社の宮司の次男坊、白河肇ではないか。なぜ商店街関係者の息子が妨害などに加担しているのだろう、白河肇は跡取りじゃないから、やさぐれて反旗を翻《ひるがえ》しているのだろうか、お兄ちゃんは優等生なのに、弟は子どものときから松保神社の祭りなんかでわざと大人たちを困らせるようないたずらしてたっけな、などと思っていると、「怪しい連中を見かけたりしませんでしたか?」と尋ねられた。

「怪しいのは白河君たちじゃない」

秋奈は言って、説明を求めるように他の二人を見た。

「こいつは栗木田。こっちは片原《かたはら》。角《かど》っこの時計屋の息子」と小柄でアクの強そうな男と、長方形のがたいに細い目薄い眉の無表情な顔の載った男とを、順番に指さし、

「栗木田は図領さんとこ出入りしてるから、阪辺さんも知ってるでしょ。この人は図領さんの奥さん」と、仲間に秋奈を指さした。秋奈はその指をはたき落とし、「今は

匠酒店を継いでる阪辺秋奈です」と名乗った。そして白河を見て、「大人としてどうなの、今の紹介の仕方」と批判した。

「すいません」

「だいたい、私は自分の店とこの子たちで手いっぱいで、図領の店に誰が出入りしてるかなんて、どうでもいいんだけど」

「そうですよね、失礼しました。それで俺ら、図領さんと連携して、商店街に変な連中が入り込んで営業妨害してないか、パトロールしてるんですよ。昨日の話は知ってます？」

秋奈はうなずき、「それは頼もしいこと。でも、誰が見ても、あんたたちがその変な連中に見えるよ」と笑った。

「ポッキー、やっぱ、もっと目立たないほうがいいって」と無表情な片原が、がたいに合わないか細い声で言った。

「ポッキー言うな」と白河は片原を肘打ちした。「昨日もいっきなしやつらと鉢合わせしかけたんで、今日はもっとビビらせるように威圧感アップしてみたんだけど、逆効果かなあ？　そのためにイッタンに援軍頼んだんだけど、こいつ外見だけで、頼りねえし」

「俺は俺なりに断固たる態度で歩いてるよ。あと、イッタン言うな」

「まさか、いったんもんめ？　似てるう」

　秋奈がウケて笑うと、長男の幸匠《こうしょう》も意味もわからず大笑いし、つられて妹の夕奈《ゆな》も叫ぶように笑う。

「俺、かわいそくない？」と片原はか細くつぶやく。それまで我関せずといった態度でよそ見をしていた栗木田が、いきなりしゃがみ込んで、「このおじさんはイッタン。こっちのおじさんはポッキー。それでこのおじさんは栗！　全部美味しそうだねー」と言って、幸匠と夕奈をくすぐり始めたのには、秋奈はギョッとした。かがんでいる栗木田の襟足に、色とりどりの糸と地毛を絡めた細い三つ編みが垂れているのが目に入り、秋奈は背中に悪寒のようなものを感じた。受け入れがたい違和感がある。

　栗木田は子どもたちに名前を尋ね、年を尋ね、どっちが好きシリーズを始める。栗とポッキー、どっちが好き？　ワンちゃんと猫ちゃん、どっちが好き？　トトロとピカチュウ、どっちが好き？　コウちゃんとユナちゃん、どっちが好き？　お父さんとお母さん、どっちが好き？

「やばいっしょ、それは」と白河が割って入り、「どっちも大好きだもんねー」と言って夕奈を抱き上げ、片原を促して幸匠を抱き上げさせ、いっせいに高い高いをした。秋奈は子どもから注意を逸らさないようにしながら、栗木田を睨む。栗木田はその視線を見返し、「方舟《はこぶね》に乗る人には、自覚を持ってほしいものです」とわけのわからないことを言った。何を言っているのか問い詰めようとも思ったが、さらにオカルトめいたことを言われても気持ちが悪いので、「そちらこそ、大人としての自覚を持って、子どもと接してほしいものです」と言って切り上げた。

週の始めの平日だから当然ともいえるのだが、月曜日もブログの効果はなかったようで、商店街は通常の月曜日と大差なかった。子どもたちを寝かしつけてから、秋奈は栗木田という男について、幸吉に聞いてみた。

「麦ばたけができたころからの常連でさ。能力はすごく高い男だと思うんだよ。でも人との関係を作ることに問題を抱えてるんで、営業とか客商売は向いてなくて、工場とか工事現場とかで単純労働をしてるらしい。新卒のときはリフォームを手がける大手の企業に就職したそうだけど、顧客から激しく嫌われることが続いて、内勤の仕事に異動になったのに、今度は上司や同僚と険悪になって、暴力沙汰も起こしちゃって、事実上のクビになったんだと。就職したときに、埼玉の実家から松保に引っ越してきて、松保への愛着は強い」

「なるほどね、その感じはわかる」

秋奈は昨日の昼間に栗木田が子どもにしたことを説明した。

「人づきあいが苦手とかいうだけじゃなくて、もっとやばくない？　ちょっと暴力的というか」

「秋奈もそう思う？」

「誰だって思うでしょう」

「麦ばたけでバイト募集したときに、応募してきたことあったんだよね。客でいるかぎりは俺も栗木田に合わせてられるけど、一緒に店をやるとなると気が進まなくてさ。いつか客とトラブル起こすんじゃないかって、わかるから」

「それで採用しないで、恨まれなかったの？」

「はっきり言ったよ、客商売だから難しいと思うって。俺としては開店のころからの大切なお客さんだから失いたくないし、ずっと客の立場から俺の相談に乗ってほしいって」

「うまいこと言うね、この偽善者が」

「商売には正しい偽善が必要だって話、前にもしたじゃん」

「したした。けど、そんな人間づきあいに問題のある、暴力的傾向のある客とうまくつきあってこれた幸ちゃんが、何でディスラーとはこじれたんだろう？」

「何でだろうね。めぐり合わせじゃない？　地が固まるために、雨が降る必要があったってことでしょう」

「それで、地のほうは固まりそうなの？」

幸吉は含み笑いをしてうなずき、ノートパソコンを開いて見せた。

「まだ商店街には効果が表れてないけど、ブログへの反応は大きくなり始めてる。拡散の度合いがある閾値《いきち》を超えると、爆発的に広まる。と、ネットに詳しいやつが言ってた。このブログ作りを手伝ってくれたやつね」

幸吉はブログのコメントや届いたメッセージを読み上げる。

――現代のサムライ！　こういう人物を我々は待っていた。

――この手のクレームに泣かされ続けてきた者です。運の悪さを嘆くばかりでしたが、自分で変えられるという気持ちに初めてなりました。勇気をありがとうございました！

――麦ばたけご主人の毅然とした態度に感動しました！　一度食べにうかがいます。ぜひお話を聞きたいです。

――ネットで一方的な言い分を鵜呑みにするのはよくないと思った。誰が本当のことを言ってるか、じっくり見極めないと、だまされてしまう。その場合、だまされる側にも問題があるのだと、わが身を振り返って痛感した。反省したい。

――図領さんは正しいと思います。絶対的に応援しています！　ぼくにできることがあったら、何でもお手伝いしたいです。

実際、麦ばたけが定休の火曜日をまたいだ翌水曜日には、変化が表れ始めた。「昭和の日」のこの日は、ホリデーランチタイムのために麦ばたけが店を開ける午前十一時より前から、店の前に行列ができていた。その大半を占める一人客は、ランチを食べ終わると、お会計のときに、ブログを読んだことを告げ、幸吉の姿勢を激賞し、握手を求め、幸吉とのツーショットを撮ってもらい、また来るので今度はじっくり話を聞かせてほしいと言った。中にはサインをせがむ者もいる。午後の休憩の後、夕方六時に夜の部が始まると、再び行列ができた。やはり一人客が多かったが、二人組、三人組の男性同士も少なくなかった。皆、幸吉と話したがったが、幸吉のほうにその余裕はなく、行列が解消しないので閉店まで居残ってもらうわけにもいかず、幸吉は、改めておしゃべりをするための集いを、店を貸し切りにして開くと約束した。

木曜、金曜と、夜の客は増えてゆき、立ち飲みコーナーを設けて回転を速めたが、それでも収容しきれず、入店を断らざるをえない客も出てきた。そこで幸吉は商店街の飲食店をいくつか紹介した。秋奈はそれらの店に麦ばたけからのサービスとして各種のアルコールを届け、麦ばたけからあぶれた客が行くので、要求に応じてアルコールを安く振る舞ってほしいと頼んだ。イートスペースのない霧生のトルタスタンド「プミータ」にまで、スツールと酒を用意するから立ち飲みできるよう、対応してくれとお願いした。

ほとんどの店が、不快な思いよりも、売り込みのチャンスと感じてくれたようで、快諾してくれた。思わぬサービスに、やむなく麦ばたけ以外の店で妥協したはずの客たちも満足し、幸吉のもくろみどおり、ネット内外での口コミとなって、効果を倍増させた。

それが、その週末の祝祭的な賑わいに結実した。名物「トワイライト・フェスティバル」時の夕暮が丘さながらに、ゴールデンウィーク前半の土曜日の松保商店街は、人であふれ返った。臨時に昼過ぎから歩行者天国となった通りには、椅子やテーブルやスタンドが出て、道行く人がくつろいでいる。急遽用意した屋台や催しが、あちこちで人だまりを作り、大規模な文化祭や縁日を思わせた。その非日常感が、訪れる客も迎える店の人たちをも、陶酔させた。

昼下がりには、ちょっとした事件も起こった。ディスラーに触発された連中が、トランジスターメガホンを手に、「悪徳商店街に騙されるなー!」「悪質店を追い出そう!」とデモ行進まがいを始めたのである。だが、例の白河らパトロール組が駆けつけたときには、すでに大群衆に取り囲まれて、「出てくのはあなたたちです!」「帰れ、帰れ」「ゴーホーム!」などと集中砲火を浴び、松保神社交番の村井巡査らに保護されながら引き上げていった。

その大逆転による勝利感と、卑劣な暴力を断固たる姿勢で退けることができたという自信から、祭りの高揚は夜にかけてピークに達した。事情を知らないで迷い込んだら、ワールドカップでの勝利か何かだと思ったかもしれない。少なくとも秋奈は、結子と都心のスポーツバーでワールドカップの日本戦を観戦し、一次リーグ突破を決めた勝利に陶然とし、繁華街に繰り出して人の波にもみくちゃになった経験以外では、こんな飛翔感を味わったことはない。

麦ばたけでは、店の前はおろか、そのブロック一つ分を埋めるほどにドラム缶やらパイプ机やらを並べ、お酒や料理を振る舞った。秋奈は結子ら友だちにも応援を頼み、カセットコンロに鉄板を載せた台を用意し、霧生にも屋台でのトルタ作りを請け負ってもらった。

十時を回ってようやく客足が引いてきたころ、店の中に宮門副理事長がにやけた顔でふらりと姿を現した。愛想たっぷりに「いやあ、図領ちゃん、大盛況じゃない」と言いかけたのを、幸吉は「すみませんね、まだ外で順番待ちの方がいらっしゃるので、外の席へ移っていただけますか」とさえぎり、有無を言わせず追い返した。秋奈が笑いを押し隠して幸吉を見ると、幸吉も秋奈を見、眉を飛ばしておどけて見せた。

日曜日の午前九時前、秋奈の携帯に結子から電話がかかってきた。今日も、噂を聞きつけた人がさらに集まることが予想されるからお手伝いしたい、というのが用件だったが、切らずにだらだらと昨日の驚きを繰り返す結子に、秋奈は「で、ほんとの用件は?」と促した。

「うん。その、私だけじゃなくて、うちのダンナもお手伝いしたいって言うの。今日は魚屋のほうが休みでしょ。みんながこんなに忙しくして、お祭りで盛り上がってるときに休むっていうのは、何だか申し訳ないし寂しいって言うんだよね。なので、少しでもお役に立たせてもらえたら嬉しいんだって。刺し身用の魚は用意できるし、いくらでもさばきますよ、と申しております。パパも自分の口からお願いしたら?え?……あとで図領さんに直接ご挨拶にうかがいます、だって」

「わかった、伝えとく。私からも頼んどくから、たぶん大丈夫でしょう。幸ちゃんも喜ぶと思うよ」

電話を切ったあと、秋奈は「商店組合改革の障害はほぼ取り除かれたみたいだよ」と言って、舘沢弘務の件を話した。幸吉は満足げに、「ぜひお願いしようじゃないの」と言った。

予想どおりに商店街は昨日以上の人出となり、しかし昨日ほどの奇跡の感触は少し薄れてきている、と秋奈はかすかな儚《はかな》さを感じた。それでも松保商店街がまだ夢の時間を過ごしていることも、現実だった。

霧生 3

まさしく霧生が夢に見た光景そのものだった。それは霧生がメキシコで修業したトルタ屋の、昼時や夕時のありさまだった。出店するときは、その日常を日本で再現したいと熱望していたのだった。

そもそも霧生が料理を天職として意識するようになったのは、高校時代につきあっていた彼女に連れられて、韓国の舞台劇「NANTA」を見に行ったことがきっかけだった。料理人たちが主人公で、セリフはなく、リズミカルな包丁さばきとパントマイムで客を沸かせるコメディだ。ヒップホップダンスをしている彼女は霧生をしばしば踊りにつきあわせたのだが、霧生の体はリズムを刻むことはなく、その動きは色をべったり塗って濃淡のない絵画のよう。リズム感のないうすのろであることがコンプレックスとなっていた霧生は、「NANTA」を見て料理もリズムだと気づき、これなら自分にもできると興奮した。親が共働きでしょっちゅう夕飯作りを担当していた霧生は、フライパンや中華鍋を振ることは造作なかったのである。

それからは「NANTA」に出演しているつもりで、料理を作った。恋人とのダンス上達が目的だったが、いつの間にか料理をすることのほうが楽しく感じられていた。

それで、高校を出たあとは料理学校に進んだ。千葉市花見川区の自宅近くで中華料理店のバイトをしながら、新宿の料理学校に通った。そのときの先生のつてで、卒業後はスペイン料理のレストランで、非正規のフルタイムとして働き始めた。やがてオーナーが、別にメキシコ料理店を始めるということで、正規雇用に切り替わった。開店したメキシコ料理店のシェフは日本人だったが、アドバイザーとして、日本人と結婚したメキシコ人のおばさんが出入りし、霧生はそのおばさんと親しくなっていろいろ聞くうち、メキシコに修業に行ってみたくてたまらなくなった。それで二十六歳の春にいったん店を辞めて、メキシコへ行ったのだった。

だがスペイン語もできず、働き口を見つけることもかなわない。あちこちの食堂に行って頼み込むが、うまくいかない。そんなときに、場末の屋台街でトルタに出会う。まるで「NANTA」のような手際のよい包丁さばきでサンドイッチを作っていく姿に、自分の原点を見た気がした。連日その店に通い、ホセという若い主《あるじ》となじみになる。すべての種類の具を試して少し飽きてきたころ、照り焼きチキンがあったらいいのに、と思い、気づいたらそのアイデアをホセに売り込んでいた。言葉がろくに通じないにもかかわらず、ホセは理解した。霧生は、no money, OK、キエロ・トラバッホ・アキ（カネ、いらない、ここで仕事、欲しい）などと、スペイン語英語身ぶり手ぶりまぜこぜで頼み込む。ホセはうなずいた。

霧生はホセと同じ、地元サッカークラブ「PUMAS《プーマス》」のマスコットであるピューマの顔がピラミッドの形に模されて描かれたTシャツを買い、店に立つ。ホセは「オラレ、カブロン」と笑って親指を立てた。屋台の名前は「PUMITA《プミータ》（ピューマちゃん）」だった。

プミータはメキシコの昼時である二時から四時ぐらいにかけて、いつも待つ人が出るほど賑わっていた。特に、ホームでサッカーの試合のある日は、同じピューマ・ピラミッドのレプリカユニフォームを着た人たちの長い行列ができた。トルタのパンの形が、マスコットのピューマの顔になるのだ。

テリヤキ・トルタは大人気となり、霧生はプミータの売り上げを大きく伸ばした。ふた月目から、ホセは給料を出してくれた。霧生はまるで幼児のように、ホセからメキシコで生きるために必要なあらゆることを吸収した。将来に備えて、ハラペーニョやオアハカ産の裂けるチーズといった、メキシコでないと手に入らない食材の輸入ルートも調査した。

やがてホセは、マリアナという女性と結婚した。客として知り合い、一年ほどつきあった後のことだった。霧生が雇ってもらってから三年がたっており、ホセは二十八歳、霧生も三十歳になっていた。自分も人生を決める頃合いだと感じた。ホセに、日本に帰ってトルタ屋を開く時が来た、と告げると、灯りがついたように顔をほころばせ、いつかそういう日が来ると思って、店の名前を用意しておいた、と言う。それが「HIJO de PUMITA《イーホ・デ・プミータ》」だった。PUMITAの子。まさにホセの弟子にして子どものようなものだった霧生を、文字どおり表している。しかも、メキシコでは口にしたら取り返しのつかない最終罵倒語である「HIJO de PUTA《イーホ・デ・プータ》（売女の息子）」と掛けてある。気がよくて冗談ばかり言っているホセらしい命名だった。ホセのPUMAS愛と、霧生への思い入れと、この三年の思い出とが、掛け言葉に心情を潜ませるメキシコ人独特のレトリックで、完璧に表現されていた。霧生は爆笑しながら感激していた。笑いすぎて泣いたふりをした。ホセも同じ態度を取った。そして最後は二人で号泣した。別れることが自らの身を切られるようにつらいと感じた。ホセは、いつか必ずキリュの店に食べに行く、と何度も約束した。

　日本に戻った霧生は、開店資金を稼ぐために、古巣のメキシコ料理店へトルタを引っさげて、また雇用してくれるよう頼んだ。トルタを試食したオーナーは一発でＯＫしてくれた。そして四年ほど働いて資金のメドが立ったところで、独立したいと申し出た。オーナーの条件は、今まで提供してきたトルタのレシピを残して使わせてくれること、だった。霧生は快諾した。

　ホセのプミータ並みに繁盛するには何年もかかることは覚悟していた。まずは、日本ではなじみのないトルタを知ってもらうことが先決だった。霧生は、そのころ日本中で爆発的に普及しつつあったドネルケバブのサンドを参考にした。それで価格も五百円を目安にした。

だが霧生一人では、各地で同時多発的にトルコ人たちが店を出しているドネルケバブのようにはいかない。おまけに、霧生にあるのは情熱だけで、アイデアも乏しければ経営の才も欠いている。苦しい状況を打開できずにただもがくのみで、霧生が見たメキシコの夢は遠ざかっていくばかりだった。

それが突然、目の前に出現したのだ。図領が奇跡をもたらす聖なる存在にすら、感じられる。輪郭が光って見える。

歩行者天国の通りは、午後の日差しを浴びて、人や物のふちがきらきらと輝いている。ところかまわず設置された仮のテーブルや椅子では、カップルから親子連れ、野郎同士に老夫婦、ペットを連れた女性など、さまざまな人たちがくつろいでいる。どこから現れたのか、バンドや大道芸人、ソロの楽器奏者が、愉楽に満ちたパフォーマンスを繰り広げる。霧生はその中に、手風琴を回す道化師を幻視する。ボンネットをかぶった骸骨の貴婦人カトリーナも、PUMASのレプリカユニフォームを着て、人々の間を優雅に歩む。色とりどりの風船が舞い上がる。その賑やかな幸福に囲まれて、霧生はひたすらトルタを作る。まるで、日曜日の午後のアラメダ公園かコヨアカンかサンアンヘルにいるかのように。

そんな幻覚めいて現実感を欠いたゴールデンウィークの五日間、ドラッグでも摂取しているような多幸感に包まれてトルタを供し続けた最後の夜、路上の清掃も終わり、霧生は麦ばたけで客の飲み残したワインを図領と空けた。

「もう死んでもいいってくらい、幸せだったなあ。今までがあんまりに厳しかったから、こんなことが本当に起こりうるなんて、まだ信じられないよ」

「ピンチの後はチャンスありってこと」

「ほんと、図領はピンチの後のチャンスを見逃さなかったよね。これは図領の才能だと思うなあ。ぼくなんかそのおこぼれにあずかっただけで、このゴールデンウィークだけでいつものひと月分をカバーしちゃったよ」

図領の顔は少しゆがみ、皮肉な笑みが現れた。

「確かに今回はものすごくうまくいったよ。うまくいきすぎで、逆に俺は心配してる。あっという間に成功したダイエットの後には、悲惨なリバウンドが待ってるもんだろ。おかしいんだよ、こんなに急激に盛り上がるなんて。飢えたイナゴの群れみたいなもんだ。食い尽くしたら、あっという間に飛び去ってくね。急激なブームは、急激に終わると決まってる」

霧生はため息をついた。

「そうだよね、こんなものは夢にすぎないよね。現実じゃあない。つまり、また前と同じシビアな毎日が待ってるってことか」

「何で霧生はいつも、そうネガティブな発想になるかね。ディスラーも書いてただろ、『人間、日々是修養である。成長する材料には事欠かない』って」

「はあ、ぼくはディスラー以下か」

「あれはクズだよ。でも俺はクズからでも、使える部分はいただくんだ。ピンチをチャンスに変えるっていう姿勢と同じだな。霧生なんか俺よりずっとピンチな分、成長する材料だらけで羨ましいぐらいだ」

「うわ、きっつ。図領にはそれは大成長の材料だろうけど、ぼくにはいつまでもただの大ピンチだよ。ぼくは図領と違うから」

「二言目にはそれかよ」図領は心底からうんざりした表情をあからさまにした。「経営が苦しすぎる、利益を何倍にも伸ばさないと続けらんない。全部自分の店の話じゃないか。自分で仕掛けるほかないんだよ」

　霧生は黙ってうつむく。

「お節介ながら、俺は環境は用意してやってる。融資の制度とか、他にも計画してることがある。何でわざわざそんなことに力を入れてるかっていうと、霧生が言い訳できないようにするためだよ。松保に店を持つ人が、場所が悪かっただとか、ついてなかっただとか、誰も力を貸してくれなかっただとか、何か自分以外のことに責任をなすりつけて落ちぶれていくのを、許さないためだよ。他人のせいにさせずに、自分でがんばってもらうためだ。じゃないと、みんなで誰かのせいにしながら、いっせいに滅びてく」

「もう滅びかけてる」

「俺が今回、大博打を打ったのは、後戻りできなくするためだ。こんな浮ついた人気なんかすぐ消えることは承知のうえ。注目を浴びちゃったら、後には引けないだろ？大勢の厳しい目にさらされた以上、前に進むしかなくなったんだ。中途半端な改革でお茶を濁して、過去にしがみついたままでいることは、もう許されない。そのためには、過去を捨てるぐらいの捨て身の覚悟で臨む必要がある。言っとくけど、これはそうとう残酷で厳しい改革になるよ。それぞれのちっぽけなプライドなんか、容赦なく捨てないと、本物の成長なんか実現できないからね」

「商売に対する図領の厳しさは当然だと思うし、図領の言ってることが正しいことも理解はしてるつもりだけど……」

「つもりだけど？」

「そもそも、ぼくは自分が成長したいのかどうかさえ、わからないんだよなあ。成長した自分なんか、まったくイメージできない」

「いつまでもガキのままでいたいのかよ？　責任は誰かが取ってくださいい、ぼくはひたすら真面目にトルタを作ってますんで、って思ってるのかよ？　それでよく自分の店なんか持てるな」

「違う、成長ってのは、何かチャンスを活かして、売り上げをどんどん伸ばして、店を拡大して、従業員もたくさん雇って、そんなイメージ」

「それは成長じゃなくて、成功だろ。それも、世間一般が描く成功のイメージ。今どきそんなもの目指しても、たいていはろくな結果にならないし、やっててつまらないだろ。俺の考えてる改革はそういう、大量に出回ってる成功例とは違うんだよな」

「そうなの？　図領はメジャー志向なのかと思ってた」

「だったら最初から夕暮が丘とか山の手台とかで勝負してるよ。俺は二階建てぐらいの小さな店が並んでるのが好きなんだよ。だからこのこぢんまりした商店街を選んだ。でかかったり気取ってたりすると、客も背伸びするだろ。銀座とかそういう場所は背伸びすることの魅力で成り立ってるけど、住宅地の商店街は生活の場であって、背伸びしてたら疲れちゃう。普通でいられるところが必要なんだよね。客も店も、自分の目の届く規模というかさ」

「それならぼくも同じだな。プミータなんか小さすぎて、何でも手を伸ばせば届くもんね」

「そうそう。だから、俺には霧生の店は大切なんだよ。これからの松保商店街のイメージをよく表してるんだよ。だからこそ、がんばってくれないと。霧生の力で、持続できる店を実現してくれないと。環境は用意するから、存分に利用してもらって、先例となってほしいんだよ」

「うん……がんばるけど」

「お客さんががんばらなくていい商店街にするために、俺らはがんばろう」

「そうね、ホコテンの真ん中に散らばった席で、みんな、のんびりしてたもんね。くつろげる商店街っていいなって思った」

「お、そのフレーズ、いいじゃん。くつろげる商店街」

「でも、ぼくは図領の志向を勘違いしてたけど、そういう人、多いんじゃないかな。図領はその商店街のビジョンていうか改革のこと、商店組合で説明してる？」

「いや、まだそんなにしてないけどさ。俺もあんまり出すぎると打たれるからね。そのへんは段取りを踏んでいこうと計画してるとこ」

「もう、今の図領に反対する人はあんまりいないでしょう、この実績を目の前にすれば」

「まあ、俺の計画は着々と進んでるよ。だから、霧生にも協力してほしいし、ちょっとまた相談することもあると思うから、よろしく頼むね」

わかった、融資制度を利用することにする、と喉元まで出かかったが、寸前で声は音にならずにただの息に変わった。言ってしまえば楽になる、事実、資金は入ってくるし、もう図領にプレッシャーを受けることもなくなるし、図領も喜ぶ、と思ったが、何か自分に見えていないことがあるという不安が歯止めをかける。曖昧にうなずくに留めて、霧生は自分の店舗兼ねぐらへ戻った。

相沼　1

〈5月7日（木）　松保商店街の未来形

こんにちは、麦ばたけ@松保商店街の図領です。

先日のディスラー総統氏の文章で、私にはどうしても気にかかる箇所がございました。以下のくだりです。

『夕暮が丘の近くだからって、雰囲気だけお洒落っぽくすれば人は寄ってくるだろう、見てくれだけ小金をかけて料理は手を抜いても分かるまいなどという店は、すぐ潰れる。事実、この商店街はそんな店ばかりが集まってきては、次々に潰れて入れ替わっていく、実に浮ついて堕落した場所なのだ』

これ、確かにそのとおりなんです。松保商店街は決してうまくいっているとはいえず、いえ、そんな言い方自体がごまかしですね、はっきり言ってひどく落ち目であり、急速に崩れていく砂の城を必死で修復しているけれど間に合わないといった状態にあります。夕暮が丘に近いために、新しくお洒落なお店が入るには入ってくるのですが、いずれも一、二年でつぶれてしまう。つぶれる速度のほうが、入ってくる速度よりも速くて、空き店舗がじわじわと増えております。

その理由を、ディスラー総統氏は、「見てくれだけ小金をかけて料理は手を抜いても分かるまいなどという店は、すぐ潰れる」と喝破していらっしゃる。

はい、耳が痛いです。自分としてはそんなつもりはございませんが、商店街の新参組全体の傾向として、その感があるのは否めない。私とて、気を抜いたらそんな傾向に足をすくわれかねません。

松保商店街は、お隣の夕暮が丘と違って、住宅街にある、住民のための商店街でした。それがお店の経営者たちも高齢化し、新しく入ってくる住民たちのニーズに合わなくなり、廃れてきている。これを復活させるには、今どきの住民のニーズを知る必要があるわけですが、新しく入ってくるお店は、この商店街を夕暮が丘の繁華街の飛び地と勘違いして、そんなつもりで臨んでしまうケースが多いのです。なんとも悲劇的なミスマッチです。

かつてのような商店街でもなく、どこの街でも出くわすような小洒落たチェーン店が並ぶショッピングモールでもない、新たな商店街は可能なのか。

私は商店組合の事務局の一員として、ずっとこれを考えてまいりました。そして最近、ちょいと手応えのある答えを発見しました。「居場所」としての商店街です。

商店街というと皆さん、どこかノスタルジックな昭和のイメージを思い浮かべますよね。映画の影響もあるでしょう。そんなテーマパークっぽい居酒屋なんかも増えていますね。

でもフェイクでは本物の居場所にはなりません。私は、昭和っぽい雰囲気を再現するのではなく、真似するのでもなく、そこにいると本当にくつろげて、いつまでも生活をしていたいと思わせるような場所を作りたいのです。見かけは昭和とは違うでしょうが、居心地としては縁側《えんがわ》のような感触を誰にでも与えられる場所。それが、高齢者と新規の住民とが混在する今の松保人たちの、心からのニーズだと感じるのです。

できます、作れます。「本物」だけを選り分けていけば。

ここが厳しいところです。来る店、何でも大歓迎ではいけないのです。浮ついた心で計画された店や流行に流されている店は、申し訳ないけれど、はっきりとお断りする。商店組合が自分たちの理念に沿った審査基準を持ち、それに合致し、逆境でも負けない真剣さと真面目さを持った店だけを受け入れる。それこそディスラー総統氏の言う、「実に浮ついて堕落した場所」にならないために。

商売の自由、表現の自由を制限するのか、との批判も当然ありましょう。ですが、それは結局、大きな資金のあるチェーン店や投機的な不動産の自由でしかありません。あるいは、こだわりの個人店を抑圧するのか、というお怒りもあるでしょう。現実を見てください。その手のお店はほぼ百パーセント、短期間での閉店を余儀なくされているのが現状です。確実につぶれる運命にあるお店を出すのは、起業する側にとっても、お店の変転を繰り返して魅力を失っていく商店街の側にとっても、大きな損失です。ウィン・ウィンならぬ、ルーズ・ルーズの関係であることが始める前から証明されているなら、別の道を探るのが双方にとって賢明といえましょう。

松保商店街では、この試みの前段階として、いくつか成功した経験を持っています。廃業する美容院と自転車屋さんの後継ぎとして、外部から新たに美容室や自転車屋を始めたい若手を募り、面接のうえ店舗をお貸ししました。もちろん、地主さんのご理解あってのことです。地域の信用金庫さんにも、開店のための改修費用等を特別に低い金利で融資していただくという協力を仰ぎました。これらの二つの店舗は、今、大成功しています。

この方式を発展させて、松保ではさらに旗幟《きし》を鮮明に、居場所作りに邁進していく所存でございます。

是非とも一度、松保商店街を訪れてみてください。そのための機会として、「ぶっちゃけ松保商店街」と題して、松保商店街について自由に語り合う集いを開こうと思います。ゴールデンウィークにお越しいただいたのに、私と話せなかったというご不満の声もあったことから、この催しの運びとなりました。盛況であれば、二回三回と続けてもいいかなとも思っています。期日は以下の通り。どうぞお気軽に申し込んでみてください！　お待ちしています。

5月17日（日）午後1時　松保神社境内水松池前に集合。（↓地図）
商店街を散策の後、麦ばたけを貸し切りにして、懇親会開催。
お申し込みはメールで。
fieldofdreams6183@pineguardmall.com

麦ばたけ主人　図領〉

「麦ばたけ主人」のブログを相沼湘子《あいぬましょうこ》が知ったのは、ツイッターで何回もリツイートされているのを見たからだ。誰がリツイートしていたかなんて、覚えていない。「マジ神対応」「崇拝するわ」といった称賛の声とともに何度も目にするものだから、何となくリンクをクリックしてみたのが最初だった。

ブログ本文よりもコメントのほうが何倍も長かった。それらすべてに目を通し、さらに「麦ばたけ」「図領」で検索をかけ、口コミや評判を読み漁った相沼は、「ぶっちゃけ松保商店街」に参加してみようと決め、すぐにメールで申し込んだ。すでにネット上でも指摘されているが、この図領という人は侍の格好をさせたら超似合いそうだった。容貌も、人生での態度も。女にも人気は出るだろうけど、男もこういうのを真似したくて憧れるんだろうな、とわかる。まさしく相沼こそが、サムライ女子を男にしたら図領みたいな人物になる、と直感したからだ。

最近急増してメディアでも話題になっているサムライ女子に、相沼もカテゴライズされていた。古くさい「ござる」言葉で話したり、自分のことを「拙者」と呼んだり、羽織袴を着たりといった形の面以上に、やせ我慢をしてでも自力で筋を通すだとか、日ごろから人が軽視するようなリスクに備えて鍛練を怠らないとか、衆人環視の中で失敗の許されない挑戦を強いられるといったとてつもないプレッシャーにさらされても平然とこなすだとか、死を恐れないだとか、安易に人に頼ってくる輩は容赦なく突き放すとか、その腹の据わった精神性を実践しようとしているところに特徴があった。サムライ女子たちが理想としているのが、レスリングの吉田沙保里でありサッカーの岩清水梓だった。相沼には、図領幸吉がその系譜に見えたのである。こいつなら名誉サムライ女子になれる、と好感を抱いた。

申し込みが殺到したため、当日は定員三十名に限り、うち女性は約四分の一の七名ということだった。明らかに高校生とおぼしき女の子から、若作りしてるけど七十代でしょうと言いたくなる年配の婦人まで、雑多に集まった。それに比べると、男はどことなく一様な印象だった。三十代ぐらいのややむさ苦しいのが主流で、よりむさ苦しくした四十代が数人。初老男が一人で、若さを発しているものは誰もいない。連れ立って参加した者以外は、みな押し黙ってスマートフォンをいじっている。サムライ女子たる相沼は自ら話しかけてやったりはせず、一人ひとりをじっくりと観察した。その視線を見返してきた男はおらず、年配の婦人が笑顔を返したのと、同い年ぐらいの女がガンを飛ばし返してきただけだった。

現れたナマ図領は、たとえ知らずに会ったとしてもおやっと目に留まるだろう華やかなオーラをまとっていた。ちょっとイケメン入ってるところも得をしてる、と相沼は分析した。普段はイケメンを自覚してうまくやっている男を見ると警戒心が働く相沼だが、そうさせないところが図領の武器なのだろう。

図領のよどみない喋りで商店街を案内されている間、参加者たちは相変わらず寡黙だった。それでも何人か、図領の近くに位置取って積極的に質問をする者も現れた。

商店組合に加入しない店もあると思うんですけど、そういう店は組合の規約に縛られないわけですよね、そういう店が松保商店街のイメージ戦略と正反対の店作りをしたら、どうするんですか？　と、そのロン毛を後ろで束ねた三十ぐらいの男は尋ねた。

相沼はいい質問だと思った。

「まずは話し合いをします。それでも埒《らち》が明かないときは、その店にふさわしい移転先を用意して、交渉します。これはタフな交渉になるでしょうが、我々も一歩も引かない覚悟で臨みます。もちろん、相手方に協力してくれる意思があるなら、我々も妥協しないわけではありません」

相沼は思わずうなずきながら、図領の答えを聞いていた。

麦ばたけへと向かう途中で、ロン毛が話しかけてきた。

「さっき俺の質問のとき、図領さんの答えに激しく同意してたな。俺もあの返事聞いて、図領さんは本物だって確信したね」

「あの人は本物。揺らがない。ぬるい温情はかけない。真実のためには冷酷になることができる」

「そう、あんな爽やかに冷酷だもんな。崇拝すると痛い目に遭うね。図領さんは絶対《ぜってえ》、自分を崇拝するようなやつは突き放す。俺は勘違いしない」

俺語りをするタイプかと相沼は少しうんざりし、黙った。

「そのポニーテールはどうして？　俺も髪長いの束ねてっだろ、同じ系統の髪形見ると気になってね」

「坂本龍馬」

「は、なるほど、浪人系か。俺はね、勤め先のある武士。もっと伸びたら月代《さかやき》入れようと思ってんだ。ま、まだ大銀杏の結えない関取みたいなもんだ」

「図領さんの付き人目指してんだったら、関取じゃなくて取的《とりてき》だろ」

ロン毛は言葉に詰まり、相沼を睨みつけた。そのまま何秒か置き、「俺は東牟《ひがしむ》礼《れ》漠《ばく》。そっちは？」と自己紹介してきた。

「相沼湘子」

「俺は生まれる前にバクーに住んでたことあんだ。バクーって知ってる？」

相沼は首を振る。

「やっぱ知らねえか。図領さんに反応できるようなやつでも、バクーは知らないか。アゼルバイジャンの首都。アゼルバイジャンは知ってる？」

「知らん。ほんとにあるのか、そんな名前の国。聞いたこともない国なんぞ、怪しい」

「あるよ！　それはおまえ、アゼルバイジャン人に失礼だよ。ロシアの下で、コーカサス地方。もとはソ連だったとこ」

「ああ。じゃあ信じよう。てか、生まれる前に住んでたとか、意味わからん」

「わかれよ、俺を妊娠してたときに親が住んでたって意味じゃねえか。頭使えよ」

「つまりバクーで妊《みごも》ったから漠と。あったま悪」

「それは俺の親御さんに失礼でないかい」

「相すまぬ」

「わ、まさか相沼、サムライ女子？」

「だったら何とする」

「俺はサムライ男子」

「ふん、愛すべきうつけ者よのう」

麦ばたけでは、すでに用意されていた美味しい料理が、スタッフによって次々と供された。ドリンクは飲み放題でひとり二千円という破格の料金に、ふところの寂しい相沼は心で涙した。バクーも「図領さんの男気」に乾杯をしまくる。

一同が食べている間、図領はブログにも書いた、ありうべき居場所としての松保商店街像について、詳しく語った。これを「松保縁側プロジェクト」と名づけて商店街とお客さん一体で推進していきたいと説明したあと、特に強調したのは自助努力についてだった。

「助け合うこともちろん大切です。でも、まずは自分でがんばるという意識がないと、助け合いは単なる傷の舐め合いになってしまいます。それは、厳しい現実をみんなで一緒になって見ないようにするだけの逃避行動で、問題解決じゃありませんよね？　厳しい現実に立ち向かうには、孤独に耐えられるメンタリティが必要なんです。みんながその強さを個々に持ったとき、初めて助け合いが本当の協力として力を発揮できるようになるのです。

　自分ががんばるという意識の弱い人、孤独に弱い人は、耐えられなくなると、すぐに弱音を吐きます。うまくいかないことを、人のせいにするんです。自分は被害者だからつらいのだ、と訴え始めます。もちろん、うまくいかない理由がすべて自分にあるということはないでしょう。でも、それを他人のせいにしたら、もう自分はがんばれないと、ギブアップしたことになります。ギブアップした人が、何かを解決できるでしょうか？　何かを変えられるでしょうか？

　実例を出しましょう。ぼくがブログを立ち上げるきっかけとなった事件です。ここにいらしている皆さんは、すでに詳細はご存知でしょう。ディスラー総統氏は、ぼくに対してどんな態度を取ったでしょうか？　それこそ、被害者であることを前面に押し出して、補償を要求してきましたよね？　ディスラー総統氏は、何であんなにまで、どう見たって無理な被害を訴えてきたのでしょうか？　真意はディスラー総統氏に聞くほかありませんが、ぼくが推測するに、何かがうまくいかなかったことのいわば八つ当たりを、麦ばたけにしてしまったのでしょう。ぼくのミスをきっかけとして、うまくいかないことすべてをぼくのせいにしたのです。いくらぼくのせいにしても、デいから。にもかかわらず、ディスラー総統氏の困難は少しも解決しませんよね？　なぜなら、ぼくのせいではないから。にもかかわらず、ディスラー総統氏はその後もネット上でぼくを糾弾したり、営業妨害をしたりと、執拗にぼくのせいにし続けました。どうしてでしょうか？　皆さん、だんだんわかってきましたよね。厳しい現実を見ないようにしたかったからです。無関係なぼくに当たり散らしている自分を直視したら、惨めで死にたくなるでしょう。だから、その現実を否定するために、ぼくのせいであり続けなければならなかったのです。

おそらく、ディスラー総統氏はずっとそのようにして、生きてきたのでしょう。つまり、悲しすぎる現実から目を逸らし続けるために、常に誰かのせいにして生きてきたのです。誰かのせいにするたびに、自分が一段ずつ堕落していきます。何度となく繰り返してきたら、もう目も当てられないほど堕ちているでしょう。その現実を直視するには、計り知れない勇気が必要です。でもその勇気がないから、こんな生き方を繰り返してきたのです。

だから、勇気を持ってほしいのです。他人のせいにすることなく、自分ががんばるという勇気を。他人に厳しく、それ以上に自分に厳しく。よく、自分に厳しく他人に優しくと言いますよね。優しくされた結果がんばれるようになった人は、往々にしてその姿を見てもらいたがります。これは違うと思うのです。自分ががんばるというのは、どこまでも孤独な行為です。誰も見てないかもしれない、誰も評価しないかもしれない。それでも構わずがんばれるのが、自分でがんばることの本質です。自分への厳しさとはそういうことで、それを身につけてもらうためには、自分にも厳しく、他人にも厳しくという態度が重要です。ぼくがディスラー総統氏にはっきりとおかしいと言えたのは、自分に厳しくがんばってきたからです。筋を通してきたからこそ、本当におかしいときには堂々と言い返すことができる。もし、ぼくもしばしば他人のせいにしてきたら、堂々と異議申し立てなどできません。たんに、ディスラー総統氏へ誹謗中傷をお返しするだけで終わってしまいます。つまり、ぼくもディスラー総統氏のせいにしてしまう。無意味な報復合戦となり、何も解決できず、今のように皆さんと出会うこともできず、皆さんのお力を借りて松保を再生させることなんて、とうてい不可能だったでしょう。おわかりいただけますよね？　単なる報復合戦と、毅然とした態度で筋を通すこととの違いは」

相沼は夢中で賛同の意を表す拍手をした。相沼だけでなく、皆が同じ行動を取っていた。

深く感動していた。何という深い洞察だろう。何と繊細で大胆なまなざしだろう。自分もこの人のため、この商店街のため、行動したい、と相沼は思った。

「皆さんにも、自分でがんばってほしいのです。ぼくはここにお集まりいただいた方は、松保商店街のシンパだと思っています。みんな、松保のために一肌脱いでやろうじゃないかと、そういう気持ちを持ってますよね？」

図領が言葉を切って一同を見渡すと、一斉に拍手が起こった。

「ありがとうございます。こんな熱い思いに囲まれて、俺も松保も幸せもんです！」

さらに厚い拍手が巻き起こる。

「ぜひともお力を貸してください。何よりもまずは松保にちょくちょくいらしてもらって、いろいろなお店のお客さんになってください。お客様が神様であることは大原則ですから。

ですが、堕ちた神様というのもございますね。どなたとは申しませんが（笑）。皆さんの頭の中に浮かんだ名前が目に見えるようです（笑）。別にぼくはその方が堕ちた神様だとは言ってませんよ（笑）。その方じゃないとも言ってませんが（笑）。

悪貨は良貨を駆逐する、と言いますが、堕ちた神様も他の神様の足を引っ張ろうとするところがあります。ですから、できれば松保からはお引き取り願いたい。そのためには、ぼくたち店を営んでいる側だけでなく、消費者であるお客様も、そういうネガティブな客は許さないという姿勢を共有してほしいのです。そのときに大切なのが、そういう客と遭遇したときに、まわりを見てどう対処するかを決めるのではなく、自分ががんばるというつもりで臨むことです。これはなかなか難しいです。ぼくたちは、自赤の他人に声を掛ける、ましてや注意をするなんて習慣は持っていませんから、とても勇気のいる行為です。そこに踏み出してほしいのです。できます、皆さんならできます！　ぼくの言動にすかさず反応してくださった皆さんなら、その勇気はすでに備わっています。事実、ゴールデンウィークには、よいお客様が、堕ちたお客さんを見事に駆逐したじゃないですか！」

またしても店内は歓声と分厚い拍手に包まれる。相沼はこの拍手を、図領に対してではなく、自分に向けていた。自分を肯定してやりたかった。自分なら、間違いなく、そんな行動に踏み切れるから。

「頼むから、どうしたら松保商店街の力になれますか、とはぼくに聞かないでください。それでは自分ががんばったことになりません。せめて、こういうことをしてみようと考えてるんだけど、どう思いますか、と自分らしい案を出してください。自分らしくいられることが、『松保縁側プロジェクト』の要《かなめ》ですから。指示されることに慣れた心と体を、解放してください。他人の目で善し悪しを判断する癖を、捨ててください。松保商店街のコンセプトを実現させるために何ができるかを考え、それぞれの立場でそれぞれにできる活動を展開してほしいです。指示を待っていたり、批判を恐れて中途半端な行動を取るのであれば、何も変わらないどころか、あっという間に廃れます。これは松保に限ったことではありません。松保での成功例は、他の地域も、ひいては日本をも救うことになるのです」

拍手の中に、吼《ほ》え声のようなものも混じる。相沼は自分が立ち上がっていることに気がついた。全員が立っていた。その中の一人が、前に進み出る。三十代前半とおぼしき小柄で密度の濃そうな男で、図領に促されてカウンターの向こうに立って初めて、相沼には姿が見えた。男は、相手が怯《ひる》むような目つきでみんなを見渡す。

「私は栗木田と申します。松保には十年ほど住んでます。今、図領さんが言ったことを受けて、一つ提案したいと思います。自分に何かできないかと、この何週間か考えてきたことがあって、今の図領さんのお話を聞いて、やってみる価値はあるなと意を強くした次第です。

松保商店街の未来像に照らして、いわゆる堕ちた神様に声をかけていく組織を結成したらどうでしょうか。お店の方も少ない人数で経営をしている中、ディスラー氏のような事例が起きた場合、他のお客さんそっちのけでトラブルの処理に追われかねません。そのことでお店の評判が落ちるのでは、松保商店街の未来像にとって大変マイナスです。そこで、トラブルが起きたら、お店のほうから我々に連絡してもらい、手の空いているメンバーが駆けつけ、処理に当たるのです。もちろん話し合いを基本とし、どうにも手のつけられない堕ち神様（笑）の場合には、松保神社交番の力も借りると。定期的に商店街内を巡回もします。警官がパトロールしてるより、お客さんも緊張しないで済むでしょう。

　私は麦ばたけができてから五年の間、それなりに通っています。それなりなのは、仕事が少なくてお金がないせいなんですが（笑）。それで、麦ばたけで一番いいなあと感じるところは、ほんとに気楽でほっと一息つけることです。図領さんの人柄に負うところは大きいですが、でもどの店でもその店なりにできると思うんです。貧乏人が、何、経営の指南なんか偉そうにしてるんだと思われるでしょうが（笑）、まあ聞いてください。

　ほんとに麦ばたけみたいな店が増えたらいいなと思うんです。そうしたら松保は本物の縁側のような商店街になって、気を楽にしたい人たちが集まってくると思います。そのためのベースとして必要なのが、何よりも安心だと思うんですね。心の底からほっと一息ついて、無防備に自分をさらけ出してぼうっとしていても大丈夫な場所であるには、絶対的な信頼が必要です。怪しい人がいるかもしれないだとか、暴力的なトラブルに巻き込まれかねない、という不安があったら、本当にはくつろげません。自分の居場所だという感覚を保証するのは、安心安全でしょう。

　だから、提案したような組織が不可欠だと思うのです。いかがでしょうか？」

「お客さんを力ずくで追い出すような真似はしないんですよね？」と質問が上がった。

「こちらが犯罪に問われるような真似をしたら、台無しですよね。我々はあくまでも仲裁役で、先ほども申しましたように、力が必要なときは警察に任せます」

「メンバーはどうやって決めるんですか？」と尋ねたのは相沼だ。志願したいと思ったのだ。

「有志です。関心のある方にはこのあと少し残っていただいて、どんな運営をしていくか等々、話し合いたいと思ってます。現段階では、あくまでも私がこれまで漠然と考えてきたアイデアにすぎないので、実現に向けた具体案はみんなで考えていきましょう」

図領のときほどではないが、強い賛同の拍手が起こった。

「老田《おいだ》といいます。この活動への参加を通じて、私も真の自立を目指したいと思います！」

相沼より少し年上の感じの三十代の女が宣言した。この言葉が効いたのか、この後のミーティングに残る人の挙手を求めたら、およそ半数の手が挙がった。栗木田が、この活動は図領さんからは独立して行うので、麦ばたけ以外でミーティングのできる場所をどこか教えてくれないか、と頼んだところ、図領は、松保神社の表参道沿いに神社の社務所がある、その二階の一室が商店組合の事務所なんだけど、一階の大きい集会室が空いていたら使わせてもらえるんじゃないかなあ、と言った。すかさず、一人の参加者が手を挙げ、「使用ＯＫです。俺が許可します」と言った。図領はそちらを見て、「それは助かる。彼は松保神社の宮司の息子の、白河君」と紹介した。色黒坊主頭でひょろ長い白河は、自分に一斉に注がれる視線を見返さず、栗木田を見て「よろしくお願いします」と頭を下げた。栗木田は険しい顔をしている。

残りの時間はフリートークとなった。相沼は、みんなが話したがった図領とは数分だけ話せた。武道や羽織袴には興味ないこと、スポーツは孤独に長い距離を走るのが好きだけど、最近は子育てもあるので時間がないこと、松保は住宅街も空き家が増えているので、可能であればぜひ住んでほしいこと。シェアハウスとかならできるかもしれないけど、と相沼がつぶやくと、そういうのをプロジェクト化してみるのも面白いかもね、と言ってくれて、相沼はすっかりその気になった。

やはり活動に参加するというバクーと神社まで話しながら歩いた。バクーは、今日は最初から最後まで運命に衝《つ》き動かされている気がする、と言った。「まるで運命がすでにシナリオを書いてあって、俺は知らず知らずのうちにそのシナリオをなぞってるんだ」

「ヤラセってこと?」何言ってんだこいつはと内心で思いながら、相沼は聞く。

「違《ちげ》えよ、運命の時が来たってことだよ。今日の出来事には何一つ無意味なことはないんだ。シナリオってのはそういう意味だよ。わかれよ」

「解《げ》せぬ」

「何か俺の人生、今日のために潜伏してきたっていうかさ。相沼はふだん何してんの？」

「サムライ女子」

「仕事の話だよ！」

「非常勤の図書館員」

「俺はね、フットサルコートの係員。何か似てるな」

「どこが」

一行は松保神社の集会室へ入った。扉が閉められ、パイプ椅子に腰掛けた参加者の前に栗木田が立つ。栗木田が全員を見回すために横を向いたとき、襟足のカラフルな細い三つ編みが相沼の目に入った。小さな髷《まげ》だ、と相沼は思った。

栗木田がこちらを向く。強い視線で見つめられると、目を逸らせない。よく通る声で語り始める。増水した川の奔流のようなその強力な語りは、耳から入れば脳の中を組み替えずにはおかない。いつの間にか相沼たちは、静かな口調の栗木田から、自尊心を根こぎにされるような罵倒を浴びせられている。やがて、魂が肉体から遊離していくような浮遊感に囚われる。めまいと覚醒が同時に襲い、感覚が引き裂かれる。ここから出るときには古い自分は他人になっているだろうことを、相沼は予感する。

霧生 4

「月曜日のブログは見てくれた？　あの件でちょっと手伝ってほしいことがあるので、もし霧生に余裕があったら、今日はトルタ屋を臨時休業してうちの店に来てくれると、大変助かる。むろん報酬あり」

図領からLINEで連絡が来たのは、金曜日の早朝、霧生が店を開けようというときだった。

屈辱のあまり、スマートフォンを持つ手が震える。これで二度目だ。先週の「ぶっちゃけ松保商店街」の前にも、手伝いが必要だからトルタ屋を臨時休業して協力してくれないか、とメッセージが来て唖然としたのだ。

いくら図領でも、こんな仕打ちは許せない。暇なら店閉めて俺の店でバイトしろ、そのほうが金になる、ってことか？　これもまた融資を受けろという圧力か？　悲しい気分に胸ふたがれた霧生は、返事をしなかった。

確かに、ゴールデンウィークが終わると、プミータの客の入りはそれ以前と大差なくなっていた。商店街自体への来客は、週末を中心に依然として普段を上回っており、賑わっている店も少なくないので、プミータが松保ブームから取り残された格好となっていた。店によって、人気の格差がはっきりと出てきているのだ。

これはたんに閑古鳥が鳴いているだけだったときよりも、逃れようもなく自分の劣等ぶりを突きつけられているようで、精神的にはきつい。「ブームを仕掛けたのは、霧生が言い訳できないようにするためだよ」「後戻りできなくするためだ」との、図領の言葉がこたえる。

だから余計、図領とは顔を合わせたくない。ブログも見たくない、知りたくない。そしてそんな負け犬意識にまみれている霧生に、図領は容赦なく現実を突きつけてくる。

今も無視するつもりだったが、三十分もすると憤怒がしぼんできて、ブログを開いてしまう。松保商店街のトラブルを仲裁する「松保未来系」なる自主組織の発足が、五月十八日付で発表されていた。

〈若手の有志たちが、じゃあ商店組合ではできないことをする組織をぼくらで立ち上げようと言い出し、その場でグループの結成が実現しました。主力は松保の住人ですが、交流会に参加してくれた松保シンパも大勢加わってくれています。名前は、松保の未来を担うということで、「松保未来系」。よくある「青年部」とか「ユース」のような、ちょっと疲れを感じるような名称ではなく、「未来系」。悪くないでしょ？〉

ディスラーのようなケースでできるだけ警察のお世話にならず、未来系が自主的に解決することで、〈お店の側も安心なだけでなく、お客さんも安全快適に松保商店街で気晴らしができるというわけです。松保は、昼でも夜でも安心して楽しめる縁側商店街となることを宣言します。安心が保証されてるって、じつはリラックスできるためには基本なんですよ〉。さらに、〈ゆくゆくは、松保の住民トラブル解決にも積極的に取り組んでいこうと考えています。その点については、行政や自治会とこれから検討を重ねていくことになるでしょう〉

〈キャラクターまで作っちゃったんですよ。コレ。一見、松保商店街のシンボルの松のようですが、よく見てください。蛇がとぐろを巻いて松の形になっています。松の先端は、天を仰ぐ蛇ですが、その頭は大きく口を開けた豹。そこからカラの吹き出しみたいなのが出ていますが、ため息じゃなくて、吼えているのです（笑）。名前はまだ仮称ですが、「マツヒョン」。笑わないように（笑）。このおどろおどろしい容貌に、この名前はないですよね。これからマツヒョンをプリントしたTシャツやトレーナーやスタジャンを作って、未来系のスタッフウェアにする予定です。

少なくとも、夕暮が丘の「グレーテ」よりはイケてるでしょう？　「グレーテ」、見たこともない？　つくづくマイナーだなあ。夕陽を模したただオレンジ色の巨大な球に顔が描いてあるだけのキャラ。キモかわいいを狙って思い切り外した例としては有名なんですけどね（笑）。

ワクワクするような企画もふんだんに用意しているようです。とりあえず第一弾として、この週末には未来系発足の記念イベントが準備されているとの噂。期待してよさそうですよ。

　皆様からも画期的なアイデアがあったら、伝えてやってくださいね。もちろん、未来系に参加したいという方も大歓迎です。サイトも作る予定なので、完成したらお知らせします〉

　手伝ってほしいことというのは、「未来系発足の記念イベント」関連だろう。この間のように、麦ばたけ前の路上で屋台のトルタ屋をやれってことか？　あのときは夢のような時間だったのに、今では、自分の店を奪われ、単なる麦ばたけの雇われとしてトルタを作っていただけに思えてくる。霧生は関わりたくなかった。結局、図領のメッセージは放置した。

　翌土曜日は、昼近くから商店街に人があふれ出した。人の波は奇妙な行動を取っていた。プミータには依然としてあまり関心を示さないのに、三つ隣の野瓜《のうり》豆腐店は大盛況なのだ。

　霧生は豆腐店をのぞいてみて、あっけにとられた。

「野瓜さん、どうしたの、そのTシャツ」

野瓜さんはいつもの割烹着ではなく、「マッヒョン」がプリントされた黒いTシャツを着ていたのだ。

「あ、これ。昨日、スタンプラリーの一式だってことで、あの未来のお兄さんらが配ってくれたんだよ」と笑い、霧生を見て「あんたは着ないの？」と聞き返してきた。霧生は答えずに「スタンプラリーって何ですか」と尋ねた。

「あら。あんたんとこは対象じゃなかったっけね？」と言い、野瓜さんはチラシを見せてきた。そこには、「未来の昭和にタイムスリップ！」として、一覧に出ている商店街の老舗でお金を使うと金額に応じてスタンプをもらえ、たまった数次第で麦ばけなど、いくつかの飲食店のサイドメニューやドリンクがサービスされる旨が書かれていた。

　昨日の図領の用件は、この話だったのだろう。自業自得なのに、霧生の胸のうちにはタールのような感情が渦を巻き始める。目を背けたのは自分なのに、まったく不当だという怒りで破裂しそうになる。スタンプラリーについて何でひとこと言ってくれなかったのか？　メッセージにはっきり書いてくれれば、前向きな気分で参加したのに。

　身勝手な怒りであることは承知している。それでも悪感情が膨れ上がっていくのを止められない。意図的に疎外されたという疑念が、たちまち頭の中を占領する。被害妄想だとわかっていても、爆発したい衝動は抑えようがない。そして、その怒りは自分に向かう。

つまりはすべて、自分が無能なことが原因なのだ。個人で店を開いた以上、うまくいかないのは基本的に自分のせい。ふんばるための環境は整えてもらっているのに、まったく活かせないのだから、図領にも愛想を尽かされる。失敗した店は淘汰されて当然。

そろそろ命運は尽きようとしているな、と霧生は力なく思う。足腰からも力が抜けて、立っているのもしんどく感じる。

つらくなった霧生は、店に「準備中」の札を下げると、ふらふらと商店街をさまよった。ヘアー・コーディネイティング・サロン「メデューサ」では、何と店外まで行列ができている。美容室で行列とはどうしたことかと、霧生が隣の和菓子屋「豆の家《や》」の主人に尋ねると、メデューサを経営している美容師、流川耀子《るかわようこ》さんの美容師友だちが六人、応援に駆けつけて、コンテストをしているのだという。美容師一人が二時間以内に三人をカットし、観客の投票で優勝者を決める、カットモデルは無料で切ってもらえ、優勝モデルには、メデューサでの年間パスポートも贈られる。

流川さんは、図領が以前、廃業する美容室の後継ぎとして、外部から応募を募って発掘した美容師だった。図領の知り合いだったという話もあるが、まるで美術ギャラリーのような洗練されたサロンをオープンさせると、そのセンスあふれるヘアーメイクに良心的な価格設定、丁寧な仕事ぶりが相まって、メディアにも取り上げられるほどの人気店となったのだ。豆の家の主人によると、お客さんだけじゃなくて、あちこちの商店組合や振興会から視察に招待された人たちも来ているらしい。

だから、歩行者天国でマウンテンバイクの曲乗りが披露されているのも同じ理由だと合点した。やはり店を畳もうとしていた自転車屋を、図領が見つけてきた八綿理《やわたおさむ》という若者に継がせたのが「サイクル・マイクル」で、昨今のロードバイクブームをしっかりものにして、いつも華やかな自転車に乗った者たちが出入りしている。

失敗例に決まりつつある自分に、居場所はもうないかもな、と霧生は冷めゆく心で思う。プミータは過去系だったたってことだ。

霧生 5

「週三日は食べてあげてんだから、ポイントサービスか何かしてくれてもいいんじゃない？」

湯北さんはいつものようにお昼時が終わったころに現れ、スパイシー煮込みチキンの「ティンガ」トルタを注文すると、ゴールデンウィーク以降、店の前に設置してある木製スツールに腰掛け、そんな軽口を叩いた。

「はは、そうですね。うちはその程度のサービスもしてないですもんね。スタンプはマッヒョンにしますか」霧生は力なく言った。

「んー、その感覚はどうだろう」

「え、ダメですか？　マッヒョン、評判いいらしいですよ」

「なんかみんな混同してるけど、あれ、未来系のキャラクターでしょ。松保商店街と未来系はまったく別の組織なんじゃなかったっけ」

「そう言われればそうですね」

「こないだの発足記念イベントのせいでしょう。あれを商店組合が事実上主導して開催したもんだから、のっけから一体化したんだよ。ま、一体化させるためにあんなやり方をしたってことだろうけど」

「湯北さんとこもスタンプラリーの話は来ました？」

「来るわけないじゃない。あれに声かかったのは、これからの松保に望ましい店だけだったでしょう。霧生は気がつかなかった？」

霧生の心臓の傷口がまた開いて痛み、血を流しそうになる。

「ゆきた鍼灸院は望まれざる店なんですか？」

「あからさまだよね。あのクレーマー事件以来、あからさまにことを進めるって方針に転換したんでしょうね」

　また霧生の心臓がきりきりと痛む。

「でもぼくの店なら経営がヤバいから失格の烙印押されても仕方ないけど、湯北さんところは繁盛してるじゃないですか」

「だから警戒されるのよ。怖いものなしだもん」

「まあ、確かに」

　そう言われて、図領と関わらずにうまくいっている店はゆきた鍼灸院だけだと、霧生は初めて気づいた。

「プミータはそんなにヤバいの？　まあ、安泰そうにはまったく見えないけど」

「風前の灯《ともしび》です。採算ラインは今の倍なんで。今月はゴールデンウィークのおかげで黒字だけど、今のままなら、あとひと月かふた月でお別れですよ」霧生は脱力するようにへらへらと笑った。

「うひゃあ、そりゃきついね。無理なんじゃない？」

「頼むからもっと柔らかく言ってください。心臓止まりますよ」

「私がトルタを倍食べたところで解消する問題じゃないね」

「いやいや、倍食べてくれて構いません」

「それで、ほんとにどうするの？　夜逃げ？」

「いや、だから、シャレになってませんて。最後の頼みは、商店組合で創設するっていう融資の制度ですかね」

図領から聞いた話を霧生が説明すると、湯北さんは薄笑いを浮かべながら、「そのお金って、どこから出るんだろ。シトネ信金じゃないでしょう。不動産屋がからんでるんじゃないの？」と言った。

「そのへんは聞いてないです。まだ実現するのかもわからないし」

「図領が話したんなら、実現させるでしょう。カネがらみで不確定な情報を流す人物だと見なされたら、命取りだからね。図領はそんな足もとすくわれるようなことしないでしょう」

「もうほとんど、借りないという選択肢は消えつつあるんですけど……」

「けど？」

「何か怖くて」

「まあ、その予感は信じといていいかもね。ちゃんとした金融機関以外から借金するのは、慎重になったほうがいいと思うよ」

「ですよねえ……」

「噂をすれば影」

湯北さんは霧生の背後に目線をやった。図領かと思って霧生が振り返ると、「ちわっす」と五人の男女が頭を下げた。三十歳前後と思われる男が四人に女が一人。湯北さんはさっさと自分の鍼灸院に引っ込む。

「いらっしゃい。メニューはその看板」

それぞれが注文を終えると、霧生は厨房に入って調理する。超すげえ、マジかっけー、などと奇声を上げながら、五人は霧生のリズミカルな手さばきに見とれている。

「トルタは初めて？」

「めっちゃ美味いですね。何でもっと早く教えてくんなかったのって感じです」と、長髪を無造作に後ろで束ねた男が言う。

「この近くに住んでるの？」期待を込めて尋ねる。

「俺は違うけど、こいつらは松保の住民」と他の三人の男を指し、「あとこいつも、引っ越し考えてる。うまくいけば俺も便乗するかも」

「バクーの説明では、誰もわからん」と、似たような髪形をした女が言った。

「今日は仕事、休み？」

「プーですよ」と一番若い、まだ二十代っぽい、短髪を金色にまで脱色して逆立て、まつ毛も脱色し、端にピアスを入れている男が答える。

「レオは学生だろ。学生はプーって言わねえの」と長髪男は金髪の若者の頭をはたき、

「本物のプーはこの普通の髪した二人です」と、五人の中では平凡な容貌の二人を指

さした。

「だからサポーターしてるんです、松保商店街のね」と、指さされたうちの小柄なほうが受ける。容貌はありきたりだが、落ち着き払っていてまなざしが強く、聞きごこちのよい声がよく通るため、一人だけ存在感が際立っている。

「ってことは、ひょっとして、未来系？」

「ズバリ」と、長髪男が人さし指を立てた。

「ご挨拶に伺ったんですよ。毎日、少しずつ、お店にご挨拶に回ってるんです。未来系リーダーの栗木田といいます。何か、お客さんとトラブルとか、遭ったりしてませんか？」小柄な男が尋ねた。

「いやあ、うちはないね。トラブルが起こるぐらい、お客さんが来てほしいよ」

笑いをとったつもりだったが、誰も反応しなかった。

「迷惑客がいたら、商店街として情報を共有しておいたほうがいいと思うんです。全部ご挨拶終わったら、迷惑客リストを作って皆さんにお配りしますんで」

「そこまでするんだ」

「心の準備ができてれば、いらぬトラブルも避けれるじゃないですか」

「それって、そういうお客さんははなから追い返せってこと？」

「お客さんだと思うから気が引けるんですよ。トラブルを起こしたくて来る人は、お客さんとは言えないでしょう。だから毅然と対応していいと思うんです。つけ込まれちゃいけません」

「んで、とりあえず、霧生さんで対処しきれない困った客がいたら、ここに電話してください。未来系の誰かが駆けつけますんで」長髪男がネームカードを差し出した。携帯電話の番号の他、各種ＳＮＳやメールの情報が記してある。

「うちは自分で対処できるからいらない」と、霧生は冷え冷えとした声で断った。

「それならそれでいいんですよ。自助努力、が我々のモットーですしね。でも、想定を超えることってのも起こったりするもんですから、万が一のために持っといてください」栗木田が言い、「なあ？」と後ろで影のように立っている男を振り返って言った。栗木田の襟足から、赤く細長い三つ編みが寄生虫のように垂れているのが見えた。

あれ、こいつ、どこかで会ったことがある？

　栗木田から話を振られた無口そうな男は、おしゃれとは無縁の黒ぶちメガネをかけ、髪には寝癖が残っている。胸元に「CAIXA」とロゴの入った白黒ストライプのシャツは、ブラジルの名門サッカークラブのユニフォームだと、霧生にはわかった。

　寝癖男は「ですよ。こないだも、いっきなしそこの店、つぶれたじゃないですか」と言った。

　咲紀さんが夜逃げしたときに、アクセサリーの前金を持ち逃げされたとぼやいていた二人組だと、霧生もようやく気づいた。

「まあ、ここはスタンドだから、店の中で暴れるとかはないもんな。トラブル起こしにくくはあるよな」ブリーチヘアーが品評するような目つきで言う。

「トルタ、美味でござったです。ローストビーフのサンドがあったら、千円は取れるんじゃないですか？」長髪の女が言った。

「すみません、こいつ、サムライ女子なんで、こんな喋り方しかしないんで」長髪男が注釈するが、霧生には何のことやらさっぱりだった。

「ローストビーフ・トルタ、作ったら毎日食べに来てくれる？」

「ううむ、難儀ですね。でもできるだけ拙者、ちょくちょく来るように心します」

栗木田が全員分をまとめて支払い、今度麦ばたけで飲みましょうよ、霧生さんも我々のちょっと先輩じゃないですか、などと妙になれなれしく言い残して五人は去り、隣のブロックの雑貨屋に入っていった。

聞き耳を立てていたのだろうか、すぐに湯北さんが出てきた。

「暇ですねえ」

「夕方まで予約入ってなくてね。鍼打ってあげようか？」

「いや、ぼくは店あるし」

「どうせ待ってても一人二人しか来ないでしょ。ちょっと休憩しちゃいなさい」

「ひどいなあ。瀕死なんだから、評判落とすような真似はできませんよ」

「霧生、余裕なさすぎ。自分を追いつめすぎないほうがいいよ。そういう店は暗いオーラ出てるから、客が気軽に立ち寄りにくいんだよ」

「そうですかね」

「そうよ。だから鍼打ってあげるから、少しリラックスしなさい」

霧生は湯北さんに押し切られ、店の鍵を閉め、「準備中」の札を出す。

ゆきた鍼灸院の施術室は、とても居心地がいい。かいだことのない香りがほんのりと漂い、いつでも適温に保たれている。カーテンで仕切られた個室で施術着に着替え、台にうつぶせになる。湯北さんは霧生の背中から肩、首にかけてアルコールで消毒する。

「あいつら、湯北さんのとこには挨拶来ました？」

「来たよ。トラブル起こしそうなお客にはこれを刺すから大丈夫って、太めの鍼を見せたら、ケンシロウじゃないですか、って言われた」

「ほんとにそんなことできるんですか？」

「できっこないでしょ。でも、施術受けてるときって無防備だから、鍼灸師に暴力働いたり因縁つけて口論しようって気になる人は、あんまりいないのね。金注《つ》ぎ込んでるのにあんまり効かないとか、愚痴を漏らす人はいるけどね」

霧生は、鍼灸に懐疑的な態度を見せた野瓜さんの言葉を思い出した。

「そういうときもズバッと言うんですか、そんなすぐに効くわけないでしょ、とかって？」

「言うわけないじゃない。何、素人みたいなこと聞くの。個人差があること、その個人差に合わせて最適な施術を探していくのが私の仕事であること、だからじっくりと取り組みましょう、って言う」

湯北さんの指が霧生の背中のツボをピンポイントで軽く触る。茹でたような指先の温もりが心地よい。触られた箇所がいつまでも熱を帯びて脈打っているのが不思議だ。そこに何かが当てられ、とんとんと指でつつく振動があり、鍼が入っていく。まるで筋肉の内部に繊細に指を入れられ、悪いものの溜まっているところに穴を空けてこぼれ出させられているような、直《じか》な感触。確かにこの受け身で無防備に急所を押さえられている感覚では、攻撃的な気分はそがれる。霧生の深いところから、息が出る。

「あいつら、いつからいるんですかね。未来系って、こないだ結成されたことになってるんですよねえ？」

「何人かはけっこう前からいるよね。いっつも何するでもなく、このへん、うろついてるじゃない」

「やっぱり湯北さんも知ってましたか。あいつらのうち二人は、咲紀さんが夜逃げした翌朝、咲紀さんの店をのぞいてたんですよね」

「ほんとに？ ふうん、そうかあ」

湯北さんはそれきり黙って考え込んでしまった。

「何か心当たりあるんですか？」

「霧生はあの子たちのこと、信頼できる？」

「うーん、どうですかね。まだわからないかなあ」

「あんたって、ほんとに自信ないんだね。危なっかしいなあ。もっと自分の直感を信じてあげなさいよ」

「信じた結果、痛い目に遭ってますからね」

湯北さんはあきれたようにため息をつくと、「じゃあこのままでしばらく休んでて」と言ってカーテンの外へ出ていく。霧生はすぐ睡魔に襲われる。

久母井 1

商店街の中ほどで青果店「八百久《やおきゅう》」を営んでいる久母井寿太郎《くもいじゅたろう》が店を閉め、休みである明日《あした》の土曜には碁を打ちに行こうなどと考えながら、松保三丁目の高台にある自宅に戻り、鍵を開けようとしたときだった。ノブを回す手を、後ろからつかまれた。

人がいるのに気づかなかった。振り返ると、右側に手をつかんでいる男、左側にももう一人男がいた。どちらもマスクをしている。右側の男は「静かにそのまま入ろう」と言い、左の男が脇腹に何かとがったものを押し当てた。従うほかなかった。

家に入ると、右の男が鍵を閉めた。促されるまま、二階の寝室に入り、カーテンを閉じる。床に座るよう、指示される。続いて二人も、久母井に向き合う形で床にあぐらをかいた。二人ともジーンズに黒いパーカというありふれたいでたちで、先ほど右側にいた男は小柄で特徴は薄いが、襟足から垂れているカラフルな細い三つ編みだけは目立つ。左側の男はニット帽を取ると短い金髪を逆立てている。しかもその金髪男が床に置いたのは、何と短刀だった。

「ビジネスの交渉に来たんですよ」と小柄なほうが言った。小声だったが、張りがあってよく通るので聞きやすい。

「八百久を廃業するって小耳に挟んだんですが、本当ですか」

「来ると思ってたよ」と久母井は若干の安堵《あんど》を覚えながら言った。物取りや人殺しじゃなくてその件だというのなら、もう腹は決まってる。

「本当ですか」

「本当だ」

「残念だなあ。八百久のファンだったんですけどね。やっぱりもうお年で難しいですか」

「そりゃそうだ、もう喜寿だ」

「息子さんも娘さんも、もう独立なさってますものね」

「おまえらは何者だ」

「ファンですよ」

「名乗りもしないビジネスの交渉なんて、あるもんかい」

「まあ交渉のお膳立てっていうんでしょうかね。正式には我々じゃなくて、しかるべきところと交渉してもらいます。そのための地ならしっていうかね」

「コンビニにするな、っつう話だろ。断る」

二人は顔を見合わせて、目を見開いた。

「よくわかってらっしゃる。でも我々も、久母井さんが断ることはわかってますよ。だから来たんです。将来ある若者がね、松保商店街で八百屋を開きたいって言っているんですよ。八百久の看板もそのまま残ります。あの土地に関心のある不動産屋さんも、ご紹介いたします」

「ご紹介しますじゃねえよ、そいつの差し金で脅しに来たんだろ。だいたい、今どきここでこの商売がうまくいくわけないんだよ。それがはっきりしたから店畳むってのに、ずいぶんと甘く見てくれるじゃないか」久母井は嘲笑まじりに言った。

いですか」

「そう思いますか？　松保商店街では今、そう思われていた古いお店が大盛況じゃないですか」

「ふん、いっときだけだ、んなもの。それでお先を信じられてるってのは、経験がないからだ。若者はいいな」

「そうなんですよ。だから若い衆に店を譲ってください。八百久さんだって、自分の店が消えちゃうのは忍びないでしょ」

「おまえらに気持ちがわかるかよ。そういう思い上がった物言いが頭に来る。浮ついた思いつきで、人が築いてきたもの、くすねるような真似しやがって」

「若いとそう見られちゃうのは仕方ないですがね、我々にとっても死活問題でしてね。食うに困ってるんですよ。だから本気です。生き延びるためなら何でもします。浮ついた思いつきなんかじゃないことはわかってほしいなあ」

その言葉が合図だったのか、金髪のほうがあぐらを組み直し、短刀を両手で握ったので、久母井は緊張し、「まあ、早まるな」と言った。

「早まっちゃいない。むしろ、ずっと我慢して我慢して待ち続けたぐらいです。俺は本気ですから、そこんとこ見てください」

金髪はそう言うと、マスクを外しパーカのジッパーを下ろした。痩せて締まった胴体の腹には、白いサラシが巻いてある。

「おい、まさか、やめろ！」と久母井は怒鳴って立ち上がろうとした。すかさず小柄なほうが「まあ、落ち着いて」と久母井を押さえつける。見かけ以上の力で、久母井は動けない。

「土地の売却をやめてくれますね？　八百久はあのままで、若い後継ぎを受け入れてくれますね？」

「できっこねえだろ。おまえらが何しようが、俺の覚悟は変えられない。俺だってそれだけ悩んだうえでの結論だ」

「俺の覚悟も変えられませんよ。この日のために生きてきたんですからね。俺なんかマジ無意味な存在で、誰の何の役にも立たない、あとは飢えるしかないクズです。クズは堂々と人生から退場するのを潔しとするのが役目なんです」

「こいつの本気のところだけ見ておいてください。こいつが生きていた証を、八百久さんの記憶に残してやってください。そうすれば、無意味な人生にも意味があったことになりますから」

「やめろってんだ。そんなことしても何も変わんねえぞ」

「だから本気なんじゃないですか。みんなが本気になれば、下らないやつはみんな滅亡しますよ」

小柄なほうが「レオ」と言って金髪にうなずくと、久母井が「やめろ」と喚く前で、金髪は短刀の鞘《さや》を抜き、刃の中ほどを白い布で巻いて両手でしっかりと握り、何度か腹で呼吸をし、刃先を自分に向け、腕を伸ばし、気合いを入れ、掛け声とともに一気に腹に突き立てた。んふっというううめき声とともに、刃と肉の隙間からじんわりと血液があふれてくる。

久母井は「頼むからやめてくれ」と悲鳴まじりになり、顔を背けようとするが、小柄なほうが後ろから久母井の首を支え、まぶたまで無理やり広げる。

「どうでしょう、将来ある若人を受け入れてくれますか？　こいつは今度、この刃を横や縦に引きます。そうすると、内臓がちぎれて飛び出してくることになりますが、どうでしょう？」

「俺は、こうなるのが、本望なんだ。俺が、成功したら、次々、後に続く。みんな、待ってるんだ、待ち焦がれてるんだ。次から次へと、ここに来て、こうして心置きなく、腹を切るだろう。早く、切らせろ！」

金髪はあえぎながら、途切れ途切れに予告した。リズムよく血が流れ出してくるのは、心臓の鼓動のせいか。久母井は、この男が死んだ後に何度もよみがえって自分の前で腹を切り続ける姿を幻視した。その瞬間、自分が死にたくなった。自分を殺してほしいと思った。久母井はもはや受け入れざるをえなかった。うなずきながら、嘔吐した。差し出された紙に何が書いてあるかも確かめず、導かれるがまま拇印《ぼいん》を捺《お》した。

小柄な男が金髪の耳元で何かをささやくと、金髪はうなずきながら歯を食いしばって嗚咽した。小柄な男が包帯を出し、汗と涙を流しながら赤い顔でぐふ、ぐふと荒く息をしている金髪の、真っ赤になってなお血の湧き出る腹のサラシの上に強く巻き付けると、携帯で電話した。マスクをした新たな若者がすぐに現れ、二人で金髪を抱え、出ていった。車の発車する音が聞こえる。

弘務 1

ゴールデンウィーク最終日の店じまいの後、図領さんから「ご苦労さん。ありがとう、ほんと助かった」と笑顔を向けられ、桐箱入りの大吟醸「鳥海《ちょうかい》」を持たされたとき、舘沢弘務《たてざわひろむ》は真の意味で父親から独立できたと実感した。ありったけの魚を供してさばきまくっただけでなく、不足分の買い出しまでして、麦ばたけを手伝ったその誠意が、図領さんにも伝わったのだ。

それまで宮門副理事長の肩を持ち続けてきたのは、「魚舘」の二代目だった父親の弘真《こうしん》が副理事長と幼なじみであり、弘務も何くれと世話になってきたからだ。確かに、よそ者の図領さんがあれよあれよという間にのし上がり組合で大きな顔をするのは何か違う気がしたのは、事実だ。だが、それはまだ松保になじんでいない人間への当然の警戒であり、図領さんが誰よりも松保を熟知している今は事情が違う。むしろ、受け入れられるための努力がこれほどまでに大きな成果をもたらしていることは称賛に値するし、警戒が解けてみれば、どう見ても旧世代の人間でしかない副理事長より、同世代の図領さんとのほうがフィーリングが合うのは自然なこと。おかげで、親父の威光の中でしか仕事していなかった俺が、自分でがんばれるようになった。

あのときに、松保の盛り上がりを冷ややかに眺めることから、自らも参加するほうへと舵を切った自分の判断が、これほどまでに正解だったとは、と弘務は若干の冷や汗とともに自画自賛する。

五月最後の日曜日の午前、定例理事会の席で、いきなり図領さんから、宮門副理事長と滝鼻理事の退任が発表されたのだ。促されて退任の挨拶をした宮門さんと滝鼻さんは、始終、穏やかな笑顔だった。決して、無念さを押し隠したりはしていなかった。何があったのかは知らない。ゴールデンウィーク以降、弘務は副理事長を避けてきたし、副理事長のほうも弘務に近寄ろうとしなかったから。

ただ、前日に松保を駆けめぐった噂を思い起こしたのも確かである。弘務だけではなく、出席していた理事のほとんどが、噂と関連づけて受けとめただろう。

八百久の久母井が、店を売ってコンビニにすることをやめ、外部から後継者を募ることにした、というのである。図領からの干渉があったことは間違いない。だが、あの偏屈で吝嗇《りんしょく》で頑迷な久母井を、どうやったら説得なんかできるのか？

みんなの脳裏に、近ごろ挨拶回りに来ている未来系の面々が浮かんだことだろう。何の確証もない。しかし、そう連想するように仕込まれてしまっている。

だから、宮門副理事長と滝鼻理事の退任についても、同じような何かが起こったと、皆は連想させられた。特に弘務は、返す返すも運命の分岐点を過《あやま》たずによかった、と胸をなでおろした。親父はきっと、宮門さんの味方をしなかった弘務をなじるだろう。お気楽なご隠居には言わせておけばいい。生き抜くのは、当代である弘務なのだ。

それに、図領さんのやり方は、松保商店街にここ二十年来なかったほどの利益をもたらしているのだ。何が起こっていようが、これを拒むほうがおかしいというもの。理事や組合員たちは、決して何かに脅かされるようにして消去法でこの現実を受け入れているわけではない。成果の出ている改革だから、積極的に支持しているのだ。そのところを履き違えられると困る。

二人の退任の挨拶が済み、理事会の議題として、商店組合の規約の大幅な改正が図領さんから提案されたとき、何の異論もなく満場一致で可決されたのも、同じ理由である。松保商店街の特色を明確にアピールしていくため、商店組合の同意なくして勝手に店舗を売り買いしたり貸し借りしたりできない「店舗保存の法則」。廃業を検討している小売り店は、商店街のカラーを維持するのに必要な業種の人材を、組合の推薦により後継者として迎え入れなければならない「未来人《みらいにん》制度」。経営の危機にある加盟店は、組合の運営する超低金利の融資を、経営指南付きで受けられる「無尽《むじん》」。

多少強引なところがあっても、図領さんの発案なら間違いはないだろう、という気分もあった。そう思わずにはいられない説得力あふれる説明を、図領さんも展開するのだ。理事会の場は、いよいよ松保の新生が始まっているという高揚感に満ちていた。宮門さんと滝鼻さんの退任により、やましさを突きつける者が誰もいなくなったことも、この奇妙な晴れがましさに一役買っている。

理事会の終了後、弘務は宮門さんたちへねぎらいの挨拶をしようと、宮門さんらを囲む輪に加わった。その輪の一人が、驚いたように弘務を見た。かまわず宮門さんに近づくが、宮門さんは弘務が声を掛けようとした瞬間に背を向け、そちらの人と話し始めた。仕方なく弘務は滝鼻さんに、「どうもお疲れさまでした。でもいきなりでびっくりしましたよ」と言った。滝鼻さんは弘務のほうを向いていたが、弘務を見てはおらず、弘務の後ろにいた人に、「いやあお世話になりました。なんか解放されて、すっきりしちゃったよ」などと話す。

弘務など存在しないかのようだった。弘務の心は、ここに至ってようやく凍りついた。実際自分など存在しないのだろう。自分でもそう思うよ、と弘務は悪寒さえ覚えながら、内心で独白した。俺なんか誰の目にも入っていない、今までもこれからも。

でも、みんな同じじゃねえか。俺のほうがぶきっちょだった分、出遅れて派手に人目引きながら、存在をやめることになっただけだ。人のこと言えるやつなんか、いるかっての。

弘務は開き直ったかのように、声に出さずにあたりの者全員へ向けて毒づくと、集会室を後にした。

宮門さんは「エレガンス」の経営からも身を引いて、新たに外部の若手が後を継ぎ、宅配もするクリーニング店として再出発するそうだ、と弘務が聞いたのは、翌日、噂を仕込んできた妻の結子からだった。どうやら四つ先の池ノ渕《いけのふち》駅前にできた介護付きマンションを、図領さんの口ききで用意してもらったらしい。まだ七十二歳だし、血気盛んといっていいほどお元気だから、ちょっと早い気もするけど、お一人だと用心しすぎることはないのかしらねえ、と結子はコメントした。弘務は背骨の中心から震えが来て、しばらく止まらなかった。

犬伏 1

世界が九十度、傾いてしまったのかと思った。高架になっている夕暮が丘駅のホームで犬伏献《いぬぶしけん》が電車を待っている数分の間に、突然豪雨が降り出した。黄色く光る奇妙な雲が膨らんでいるかと思ったら、たちどころに真っ暗になり、水が落ちてきたのだ。水滴ではなく、川が空から地面に向けて流れているかのようだった。そして次の瞬間、その流れが水平になったのである。

ホームの目の前に建っている六階建ての商業ビルの右側面が、にわかに曇った。水滴にまみれたメガネを拭いて目を凝らすと、突風が吹き荒れて、雨が完全に真横から降ってビルの側面を打ち、しぶきとなっているのがわかった。屋根のあるホームにいるはずの犬伏も、いきなり水に落ちたかのように下着まで濡れていた。ホームの屋根と床の間を、まさに雨の川が横向きに流れている。川は横に流れるのが自然だが、ここは空中である。この水に乗れば、雨の中を飛べそうだった。

とても立ってはいられず、電車を待つ客たちは階段に避難する。犬伏も突風に押されるようにして、階段まで移動し、地階へ降りた。これからバイトだったが、こんな中、電車に乗るのは危険だし、どうせ止まってしまうだろうし、行くのはやめにした。そんなことより大切な時に直面していた。

改札で払い戻してもらい、駅の外に出る。雨に頬を殴られて痛い。目も開けていられない。

犬伏は興奮していた。雨の中を走り出す。風の方向に雨の川は流れるから、風上、川上に向かうことは不可能だ。風に押される格好で、風任せに走る、雨の川に乗る。

十分もあちこちをでたらめに走るうち、本物の川のほとりに出た。道が川となって流れていた。そこは緑道であるから、いつもは暗渠になって隠れていた松保川が、出番だとばかりに姿を現したのだ。最も低くなっている緑道は、周囲の緩い斜面を流れ落ちてくる水を集め、奔流となっている。水面には激しい雨が当たり、しぶきが霧のように立ち、それがさらに風で流されるので、温泉地帯の地獄谷さながらである。

緑道に沿ってさかのぼり、犬伏は松保神社にまでたどり着いた。

あたりには水が広がって、薄い池のよう。東参道は水没して危険なので、表参道へまわって本門から神社に入る。樹齢を重ねた主《ぬし》のような木々が、鞭のようにしなって今にも折れそうだ。

水松《みずまつ》様が折れるかもしれない、と犬伏は思った。そんな恐ろしいことが起きるなら、この目で見ておかなくては。犬伏の興奮は頂点に達する。

しかし、最奥の鳥居をくぐり抜ける手前で、水は膝まで達しつつあり、それ以上先へ進むのは無理だった。人間が来てはいけないということなんだろう。

このまま人類は滅びればいい！　犬伏は声に出して叫んでいた。

災害や天変地異、巨大な事故やテロが起きると、犬伏は普段の無気力から一変して活性化するのだった。悲劇のにおいがすると元気になる。それほど、自分は人間が嫌いなのだと思っていた。自ら破滅する行動を取り続ける愚かな人間という種族を、軽蔑していた。戦争などという究極の破滅行動が起こったら、誰よりも忌み嫌いながら、同時に生き生きとするかもしれない。そしてそんな自分こそ、愚かな人類の代表だった。自分が滅びることは、象徴的に人類の滅亡を意味している。だから犬伏は自分が滅亡することを目指していた。

犬伏のそんな気分を理解しているのは、栗木田だけだ。犬伏を本来の自分に目覚めさせたのは、栗木田だった。栗木田の毎晩の罵倒によって、犬伏は己の本分を自覚できるようになったのだ。味を占めた栗木田は同じ手を使って、未来系に入ってくる連中を「覚醒」させている。

栗木田とは、松保商店街のコンビニでバイトしていたころに同僚として知り合った。お互いに金欠だからルームシェアしないかと誘われ、栗木田のアパートに移ったところ、栗木田はすぐにコンビニを辞めてしまった。頭に来た犬伏もコンビニを辞め、以来、その日暮らしの生活が続いている。

犬伏のほうはそんな自分にいつも耐えきれないでいるのだが、栗木田は悲観的な犬伏をいたぶっては楽しそうにしている。まるで、犬伏の負のエネルギーを糧にして生きているかのようだった。しかし、犬伏だけが知っている弱点があって、アパートに自分一人だと勘違いした栗木田が、脅迫まがいの電話をかけて「誓いのトレンサ」を盾に執拗に復縁を迫っているのを、犬伏は聞いたのだ。あとで調べて、トレンサとは栗木田が襟足に伸ばしている細い三つ編みだと知った。泥酔して眠っている栗木田のトレンサをほどいたら、翌日、犬伏は半殺しの目に遭った。

もっと降り続け、そして松保全体が水没して、この地上から姿を消してしまえ。犬伏は鳥居の外側から、そう念じ続けた。

だが、ゲリラ豪雨の足は速い。まだ降り続いている最中に、太陽が現れ、光をところかまわず浴びせ、一面をまばゆい輝きで覆う。風は止み、雨は川から大粒の水滴に変わり、ほどなく止んだ。

犬伏は裏切られた気がした。自然はごくまれに大災害をもたらすけれど、しょせん、本気で破滅させる気などないのだ。中途半端なことするぐらいだったら、とっとと失せろ。

犬伏はそれでもしばらく神社の水を見ていた。見ているといつまでも引かないくせに、気がつけば地面の泥がむき出しになっている。まだ水に浸かっている境内をのぞく。水松様は無事だ。この雨は何の予兆でもなかった。

表参道を戻り、松保駅の踏み切りを越えて、松保商店街に入る。商店街の通りは緩斜面の中腹に位置し、さらに三ブロック西で並行している南八《なんぱち》通りが谷筋に当たる。なので水は出ていなかったが、通りの西側の店舗には、流れた水が少し入ったところもあるようで、あちこちの店の入り口に土嚢が積まれていた。未来系の使命として、犬伏は土嚢の撤去や店内のモップ掛けなどを手伝った。途中で栗木田から電話が入り、隙間からの浸水で水浸しになったプミータに出向き、濡れた什器を外に出して乾燥させる。店内は何ヵ所も雨漏りしているので、応急処置をする。建物が古いせいなのか、根本的な修理をしないと、また豪雨の際には漏ってきそうだった。霧生さんは淡々と作業をしているが、ネガティブさでは負けない犬伏でさえ気の毒になるほど、全身から絶望を漂わせている。後で犬伏は、この様子を麦ばたけで栗木田と図領さんに話した。

まだ濡れた街が夕陽に照らされて輝くさまは、別世界を見ているようで、胸躍らないでもなかった。商店街の手伝いをいったん切り上げた犬伏は、もう一度松保神社から緑道を歩いてみた。一面が泥に覆われて、干上がりかけた沼のようだった。緑道の両脇には、半地下の一軒家やアパートも多く、半地下の部屋から泥にまみれたソファやテーブルが運び出されている。満杯になったゴミ袋がいくつも、まるで土嚢のように家の前に並べられている。それを緑道の桜に留まったカラスが眺めている。そのカラスを見ている、散歩中の初老の男がいる。男のさらに先では、犬が糞をしている。犬の首から延びたリードを手にしている若い男は、スマートフォンをいじる。ポリバケツで部屋から水を掻き出している中年男が、恨めしそうな目つきでヤジ馬散歩者たちを見やる。小さな女の子がはしゃいで泥をはねながら犬伏のわきを駆け抜け、背後から「ピンク、走らない！」と注意する若い女性が追いかけていく。

俺が死ねば人類は滅び、こいつらはみんな一瞬にして亡霊だ、と犬伏はいらだたしげに毒づく。クソ、早く逝かせろ。

霧生 6

霧生が開店の準備をしていると、隣から湯北さんが部屋着のジャージ姿で現れて、「あれ?」とすっとんきょうな声を出した。「今日は火曜日だったよね?」

「お早うございます。そうです」と霧生は答えた。

「プミータが店開けてるから、曜日間違ったかと思った。何で開けてるの？　何か記念日?」

「いえ、これからは年中無休にするんです」

「へえ。経営が苦しいから?」

「簡単に言うと、そういうことです」

「複雑に言うと?」

霧生は面倒くさそうにため息をつき、でも湯北さんは味方なのだからきちんと説明しないといけないと思い直す。

「先週の豪雨で、修理が必要になったんです。店始めるときの改修工事が原因だった部分は、自腹切らなきゃならないんです」

「けっこうかかるんだ?」

「かかりますね、今のぼくには修理費が一万円でも、大痛手ですから。それに、この建物が古いせいで、いろいろ腐食箇所が見つかって、コンクリートの打ち直しや配管の交換も必要だということで、その工事に一週間から十日かかるんです。その間、営業は無理だと言われました。一週間の閉店は、事実上の死刑宣告ですよ」

霧生はそれ以上説明するのさえつらいほど、口も体も重く感じた。生物としての霧生を生存させているエネルギーが、抜け落ちていく感じがした。

うなだれて柳のような格好になっている霧生の首根っこを、いきなり湯北さんはつかんだ。そして指先で正確に揉むと、「凝りっ凝りだね。霧生は体も心も、オフにしてあげる必要がある。一週間休めるなら、それはオフにしろっていう指令が来たんだよ」と言った。

「誰からの指令ですか」霧生は馬鹿ばかしい冗談に、さらに力を抜かれるような感覚を抱きながら、かろうじて言った。

「自分。とりあえず、昼過ぎに鍼打ってあげるから、来なさい」

「いいですよ、もう。いつも温情を掛けてくれるのはありがたいんですけど、かえって惨めになるばっかりで、つらいんです。自営業なんだから、自分で切り抜けられないのは、自分のせいなんです。もうダメでもいいから、最後にできるだけのことはしとこうと思って、毎日店を開けることにしたんです。終わるまで」

「まあね、私も認めるよ、霧生に商才がないことは。確かに、中途半端に手を貸したところで、根本的解決にはならないよね。でも、私は霧生の作るトルタのファンだし、トルタを作る霧生のファンだよ。だから、霧生にできる形でこれを続けてほしいし、そのために何ができるか、一緒に考えたいと思ってる。私に商売の才能があるのは、わかってるよね？　まさか、繁盛してるのは腕がいいせいだけだとか、思ってないよね？　もしそれだけでうまくいくなら、プミータも繁盛してなきゃおかしいもんね」

霧生はうなずいた。すっかり器の小さくなった心に、感情が少し注がれるだけで簡単に飽和してしまう。もっと言いたいことはあるのに、ただうなずくか首を振るかしかできない。口を開けば、わけもなく泣き出すだろう。

「ね、あとで来なさいよ。三時ごろ」

霧生はまたうなずいた。洟《はな》をかんで気を取り直して、焼きあがったパンを試食する。

出勤の時間帯が終わって一息ついた十時ごろ、今度は図領が未来系の栗木田と犬伏を伴って現れた。

「あれ、今日は火曜日だったよね？」と、湯北さんと同じことを聞いた。知ってて来たくせにと思ったがむろん口には出さず、事情を簡単に説明した。

「そっかあ、それはしんどいよなあ。雨の日に後処置の手伝いしてて、霧生がえらくダメージを受けてるみたいだって、こいつから聞いてさ」図領は犬伏を指し、霧生は

「こないだは助かったよ。ほんと恩に着てる」と礼を言う。

「こういうときのために無尽を作ったんだけどね」

やはりその提案か、と霧生は身構えた。

「何で無尽なんていう名前にしたの？　サラ金の『むじんくん』から？」

「昔、無尽っていう互助会の制度があったんだよ。それに倣《なら》って、組合員から毎月積み立て金を徴収して、そこに信用金庫からの融資も加えて、元手にするわけ。自分も出資してると思えば、借りるのも少しは楽になるだろ？」

「借金はいつだって気が重いよ」霧生は言質《げんち》を取られないような答え方をした。

「そういう人向けに、もっと気楽で魅力的な制度も作った」

「未来人《みらいにん》制度ってやつ？」

「そ。前にも俺がパイロット版を実現させたけど、画期的なんだよ。廃業を考えてる老舗には、外部から後継者を募って、特別融資とともに後を継がせる。五十万までは無期限無利子だよ。すごくない？」

スタンプラリーのときの、「メデューサ」と「サイクル・マイクル」のイベントの

光景が、霧生の脳内を圧迫する。

「どうやって後継者を選ぶの？　応募がなかったら？」

「それはいろいろ検討中だけど、一つはサイトを通じての登録制にしようかと思ってる。始めたい業種ごとに登録してもらって、空きができたら審査する。松保だけじゃなくて、あちこちの商店街へも斡旋できたら、なかなか使えると思うんだよね」

「派遣業を営むってこと？」

「マージン取るわけじゃないから、業者じゃないよ」

「もう空いちゃってる店舗とか、老舗じゃなくてつぶれかけてる店は？」ウチみたいに、という言葉を飲み込んで、霧生はさりげなく聞く。

「まあ、基本的には同じ。登録した中から、この商店街に欠けていたり必要だったりする業種を選んで、面接をして、始めてもらう。後継の場合と違って、先達からの指導を受けることができないのが難点だけどね」

「その業種は誰が決めるの？」

「それは商店組合全体だよ。だから、これからはちょくちょく総会を開くことになるだろうなあ。何しろ、今や組合も攻めの姿勢で一致団結してるからね。これを実現するためには、店舗保存の法則だとか、建物の形態や内装外観の制限、開業できる業種の範囲等々、かなり厳しい規制を設けることになったけど、みんな理解してくれたんだよ。大胆に断固たる姿勢で変えていかないと客は寄ってこないって、みんな知ったわけで。ほんと、よく思いきって賛成してくれたよ」

霧生も宮門の一件は野瓜さんから聞いていたから、図領の言葉を白々しく感じた。

「でも、それもこれも霧生のおかげなんだよ」

「ぼくの？」

「いつだったか、霧生が俺に、どういうビジョンで商店街の未来を描いているのか、ちゃんと理事会で話して説得しないといけないって、言ってくれただろ。どうせ言ったってまた反対されて受け入れてくれっこないって、どこかで俺も諦めてたから、霧生に言われて目が覚めた。おまえに発破かけといて、自分は挑む前から敗北してちゃ、世話ないよな」

「いや、ぼくはただ事実として組合に話したのかどうか聞いただけであって、そんなアドバイスしたようなつもりは……」

「霧生は俺のブレーンなんだってば。で、俺は説得できるだけの材料をそろえなくちゃと思って、どんどん仕掛けたってわけよ。成果さえ出せば、みんなついて来る。小っせえ利権守りたくて声だけでかく反対ばっかりしてる守旧派に遠慮してちゃあ、かえって失うばかりだって気づいたんだね。ここが我慢のしどころって意識が共有されたんだよ」

「ぼくにも我慢のしどころって言いたいわけだよね。我慢のしどころだから、厳しい制限はあっても、無尽を受けるべき時だって」

「今日はそんなこと、ひと言も言ってないじゃない」

「さっき言った。さもなきゃ未来人制度を適用するぞって脅しまでつけて」

「人聞き悪いなあ。あれは説明したまで。そりゃ無尽を受けてくれれば、いい成功例になるだろうなとは思ってるけど、霧生が二の足踏んでることも十分理解してるし、無理強いする気なんてないよ。ほんとだよ。今日は全然別の用件で来たんだから」

図領はそう言うと、「とりあえず、陣中見舞い」と封筒を差し出した。霧生の顔が、屈辱の炎でカッと燃え上がる。

「何これ」

「十万入ってる。今までの礼も兼ねて。こんなことされたら、霧生が恥を感じて頭に来るだろうこともわかってる。でも、頼むから黙って受け取ってほしい。これから話す頼みごとの礼でもあるんで」

「何」霧生はその場から消えたい衝動を抑えて、ぶっきらぼうに促した。

図領は栗木田に目で合図した。栗木田は一枚のビラを差し出す。「霧生の店がいまいちうまくいかないのには理由があったんだよ」と図領は言った。

ビラには「コレが松保〝外道〟商店街の悪徳店だ！」として、「麦ばたけ」を始め、商店街のいくつかの店がピックアップされている。そのリストの三分の一ぐらいのところに「イーホ・デ・プミータ」が入っていた。「あまりに売れていないので、消費期限を三日も四日も過ぎた肉が平気で使われている。厨房も不衛生で、サンドの中にゴキ●リの卵が入っていたという噂も」と、コメントがついている。読んだ瞬間に、霧生の脳みそと腸《はらわた》が熱く沸騰した。目から火を噴きそうだった。

「推測つくと思うけど、これはディスラーの仕業だ。ゲス野郎のする根拠レスの復讐なんだから、カッとなったら負けだ。ああいう粘着質のやつは、かまってほしいだけなんだから」

「霧生さんのお店に来て、ちょっかい出したりしてませんか?」栗木田が深刻げに眉をひそめて尋ねる。霧生は首を振る。

「かまってほしいならはっきりそう言やいいんですよ。口あんだろうっつうの。こんなの作って、超キショい」普段は無口な犬伏が珍しく自分から口を開いたのは、先日の手伝いでうちとけたからか。

「だからかまってやろうと思ってさ。ほんとは放置が一番なんだけど、実害が出てるんじゃ見過ごすわけにはいかないからね」図領は爽やかに笑いながら言った。「そこで未来系の出番ってわけよ」

栗木田がうなずき、スマートフォンをいじりながら話を引き取る。「図領さんから連絡もらってから、未来系で調べまくりました。それで住まいと勤め先を割り出しました」

「すごい」と霧生は思わずつぶやいた。

「ディスラーのブログやSNSをしらみつぶしにチェックしたんです。したら、見つかりましたよ、GPSのデータを消し忘れてアップした写真が。実家から自宅に送られてきた白カボチャがコアラに似ているっていうんで撮ったものなんですけどね」

栗木田はスマートフォンに表示させたその写真を、霧生に見せた。確かに、言われればコアラに見えなくもない。

「データによると、ディスラーは松保の住人です。アパートも現認しました。表札がなかったので張り込んで、図領さんから聞いていた人相書きで本人らしき人物を特定し、勤め先も尾行して確認してあります」

「完璧、探偵じゃん」霧生は感嘆のつぶやきを漏らす。

「未来系シンパには何人か、ネットに詳しいやつがいるんだよ。そもそも、ディスラーの事件はネットで拡大したんだし、俺もネットを逆利用した結果、みんな来てくれるようになったわけだろ。だからその大半はネットをよく使ってる連中で、こんなふうにネットに埋もれてる手がかりから実際にあれこれ調べて、ゲットしたリアル情報を掲示板とかにさらしてくってこと、よくやってんだそうだ」

「ディスラーだって、そういうやつの一人ですよ。その能力でネット上で伸《の》したんです」栗木田が言う。

「それで近々、未来系でディスラーを訪問して、じかに話し合いを持つ予定でいるんだよ。霧生も被害の当事者なわけだし、同行してほしいんだ。まあ、私的な裁判の原告みたいな立場だな。だから、被害の実情を訴えるだけで、裁く行為には加わらなくて大丈夫」

「裁くって、何するの？　私的な裁判とか言われると、リンチみたいで怖いんだけど」

「まあ、一度じっくり見てみるといいよ、この連中のやり方を。ほんと、感心するから。まさしく未来系って名前にふさわしい。これを霧生に見といてもらうのも、今回同行してもらうことの大きな目的の一つ。暴力を振るうわけじゃないから安心して」

確かに無尽を利用しろとは言われなかったけれど、未来系の連中がたくらんでいる私的裁判に同席しろと事実上強要されているわけで、断る選択肢は用意されてないなと霧生は観念した。十万円はその強制的な補償だろう。建物の改修が始まりプミータが休業となる来週の月曜日、夕方七時に松保神社境内で落ち合うということで了解した。

霧生 7

商店街を境に松保を分けると、駅を背にして左手側、つまり土地がわずかに登っていて高台をなしている東側が三丁目、逆に下がって低くなっていく右手の西側は四丁目となる。ディスラーのアパートは四丁目の端、すずしろ台との境付近にあった。境の南八通りを越えると勾配のきつい上り坂となり、登りきった高台はすずしろ台の高級住宅地である。

アパートは古い安普請の二階建てで、ディスラーの部屋は一階の奥から二つ目だった。栗木田と犬伏は扉の下のほうを確認して「よし、ここだ」「オーケー、間違いない」と言い交わしている。霧生もかがんでみる。扉の下端に近いところに、黒い油性マジックで「□」の印が描かれている。

「何、これ？」と霧生は屈託なく尋ねた。

「うん、失格住民の印。しっかく、しかく、で四角い印ってこと」すっかり慣れた犬伏はタメ口だ。

「なるほどね。……っていうか、失格住民て何よ？」

「まんまの意味じゃん。失格してる住民。住む資格なしの住民」

「誰が決めるんだよ、そんなこと！」

霧生は唖然としてつい大きな声を出してしまい、栗木田から厳しい目つきでとがめられる。

栗木田が呼び鈴を押すが、まだ帰ってきていない。三人はいったん敷地を出て、路上にたむろした。

霧生はタバコを吸い始めた犬伏に、「風紀を守る未来系が、松保の街なかで路上喫煙していいの？」と嫌味を言った。犬伏はニヤリと笑って、携帯灰皿を示した。

「そういうことじゃないんじゃないかなあ」

「霧生さんの言うとおりだ。タバコ、消せ。もっと自覚持て」栗木田が言うと、犬伏は「どうせ死ぬ身なんだから、ちょっとぐらい好きなことしたっていいじゃねえかよ」と小さく愚痴りながら、タバコの火を消した。

霧生は今の犬伏のセリフも気になったけれど、誰が失格住民を決めるのかという話のほうを蒸し返した。

「商店街だって、松保にふさわしい店を選ぶわけでしょ。だったら住人だって、松保にふさわしい、この街のために尽くそうって気概のある人に住んでもらいたいだろ。少なくとも、地元商店街の妨害だとか迷惑かけるような人間には、毅然とした態度を取っていいと思うね」説明しながら、犬伏は未練がましくライターをつけたり消したしたりする。

「だから、誰がそれを決めるの？」

「それは商店街からの苦情が多いクレーマーだとか。見てればだいたいわかるって」

「見てればって、ずっと監視してるの？」

「監視なんて人聞き悪いなあ。パトロールって言えよ。どうせ俺ら、仕事ないから暇だし、だったらちょっとでも商店街の役に立つことしてたほうがいいし」

「それで失格になりそうな住人をピックアップしてる、と？」

「俺らだって好き好んで、そんなやつ見つけてるわけじゃないよ。いないに越したことない。でもこんな壊れた世の中だろ、結構いるんだよ、ヤバいやつって」

「そいつを未来系の独断で失格住民認定して、追い出しにかかるわけ？」

「追い出しなんかしませんよ。精神を入れ替えてもらうよう、説得するだけです」栗木田が割って入り、これ以上の問答は許さないといった調子で答える。それでも霧生は、「どうやって？」と疑い深い声で続けようとする。

「これからわかります」栗木田は有無を言わせない口調で、この話題を打ち切った。

佐熊2

自分のアパートの前まで来たとき、佐熊竜輝《さくまたつき》は何かにのしかかられるような嫌な圧迫を感じた。佐熊は自分の予感の力を信用している。たいてい当たるからだ。その大半は悪い予感だが。

俺の人生は悪い予感で作られている、と佐熊は思い、ちょっと気の利いたフレーズであるように感じて、軽い満足を覚えた。なぜなら、俺は敵だらけだから。男が海に出れば八人だか九人だかの敵がいるっていうじゃないか。俺は男として恥ずかしくない人生を送ってるわけだ。

だが、佐熊はいつまでも己の哲学に浸っている暇はなかった。悪い予感の源の、アパート前の道にたむろしている三人組の男がこちらを見ていたからだ。引き返したほうがいい、と思った。しかし次の瞬間には佐熊は三人に取り囲まれ、「とにかくうちに入りましょう、ディスラー総統」と促されていた。脇腹に何かとがったものが当たっている。佐熊はあたりを見回したが、人通りはない。

部屋のドアの前に立つと、いつの間に佐熊の鞄を探ったのか、小柄な男が鍵を差し込んだ。最初に上がり込んだ濃い口ひげの男がカーテンを閉めてまわる。佐熊はベッドの脇の床に座らせられ、寝癖の目立つメガネの男と口ひげの男が両脇を固める。メガネ男の手にしている棒が視界のふちに入ったとき、佐熊はまがまがしさを覚えた。もう一度よく見ると、それは脇差《わきざし》だった。体の芯から震えが起こりそうになるのを、必死で抑える。震えが拡大したら、パニックを起こして自分が喚き暴れ出しそうだった。佐熊は脇差を見ないようにした。首が不自然にこわばる。

小柄な男は佐熊の前に、背を見せて立った。うなじにカラフルな細い三つ編みが垂れているのが見える。しばし部屋の中を眺め回してから、おもむろに佐熊に向き直り、

「本名は佐熊竜輝さんでいいんですよね、ディスラー総統」と言った。佐熊は動揺を見せずにうなずく。

「何とも勇ましくて立派な名前ですなあ」男が語尾をわざと古めかしくしたので、場が芝居がかった。

「こっちは名乗ったんだから、そっちも名乗るのが礼儀ってもんだろ」

「失礼。先にこちらが名乗るべきでした。私は、栗木田康介。松保商店街のシンパ、未来系という有志のグループのリーダーを務めています。未来系についてはご存知ですか？」

「知らないわけないだろ。俺が知らないはずないこと知ってて、わざとその慇懃無礼な口調で聞いてきてんだろ！　俺をイラつかせようったって、そうはいかねえんだ

よ！」

「それなら話は早い。おっしゃるとおり、佐熊さんはいわば未来系の生みの親ですからね、私どもの源です」

「親密な空気を演出しようったって、そうはいかねえんだよ。怖がらせてから優しくすると、あっけなく落ちるとでも思ってんだろ。こちとら、そんなウブじゃないんだよ」

「演出じゃありません。私どもは心底からディスラー総統にシンパシーを感じているんです。な？」と栗木田と名乗る男は、寝癖メガネに同意を求めた。寝癖メガネはうなずく。

「こいつも未来系のメンバーで、犬伏といいます。こちらは松保商店組合の霧生さんで、ディスラー総統の行いにより営業を妨害されたと被害届を出されています」

「その仕返しに来たってんだな」

「いえいえ、話し合いに来たんです。お互いの敵意を取り除くために。敵意を取り除くと、我々はすごく似てるんです。だから総統には共感を覚えるんです」

「ああ気色悪《わり》い、そのねとつく馴れ合いの演出、やめてくんない？」佐熊は体を掻きむしる仕草をした。

「ディスラー総統が麦ばたけに対して報復するのはわかるんです。理由がはっきりありますからね。少なくとも、怒りをぶつける相手は間違ってない」

そこで佐熊が反論しようとするのを、栗木田は強い目線で遮り、佐熊が一瞬ひるんだ隙に「でもですよ」と一段階大きい声で言うと、「例えば、こちらの霧生さんのお店にまでご迷惑をかけるのは筋違いじゃありませんか？　筋違いじゃないんなら、どう筋が通るのか、誰もが納得できる説明をしてくれませんか？」と畳みかけた。そして少し和らげて「霧生さんのお店はトルタ屋さんです。トルタって何だかわかりますか？」と聞いた。

佐熊はすっかり気圧《けお》されて、言葉が出てこなかった。恐怖を隠すカラ元気の潤滑油が切れて、恐怖が顔をのぞかせ始めた。

「トルタが何だかも知らないくせに、いちゃもんつけたわけですか。どのお店かもわからないのに、あることないこと手当たり次第因縁をつけたわけですか。そりゃ営業妨害だわな」

「いや、それは、記憶にないからわからないわけで、つまり、そう、俺はこの方のお店には何もしてないわけで、だいだい証拠あるのかよ？　え？　あるなら見せてから言えよ」

佐熊は反撃の手がかりをつかんでにわかに気力がよみがえり、強気に出た。栗木田はメガネの犬伏を見た。犬伏はポケットから折り畳んだビラを取り出して広げ、佐熊に差し出した。

佐熊は一目見るなり、爆発した。

「俺はこんなビラ作ってねえよ！　知らねえよ！　陰謀だ、俺をハメようっていう陰謀だ！　おまえらが作ったんだろ、汚ねえ！　自作自演じゃねえか！」

口ひげの霧生が驚いて目を丸くしてこちらを見ているので、佐熊は霧生に「あんたもハメられたんだ！　マジだよ、俺は正直に言ってる、嘘じゃない。俺のパソコンを調べてくれればわかる。確かに、前に松保商店街を中傷するビラを作ってばらまいたことがあるのは認める。そんとき作ったビラはパソコンに入ってる。何なら調べてくれてかまわない。でもこのビラは作ってない。俺じゃない！　こいつらだよ！　あんたはこいつらが俺に復讐するために利用されたんだよ！」と必死で説明した。霧生が問いかけるような目で栗木田を見る。

「じゃあ、お言葉に甘えて、パソコンをチェックしてみようじゃないですか」

サイドテーブルに無造作に置かれているノートパソコンを取り上げようとした栗木田を、「ちょっと待った」と佐熊が止める。

「確認するふりをしてファイルを仕込まれたらたまらないからな、俺が操作する」

「同じことが言えるんじゃないかな。操作するふりをして、ファイルを消されたらたまらない。私と総統とで一緒に操作しましょう。ただし、キーボードは私が触ります」

抗議しようとする佐熊の脇腹を、犬伏が脇差の鞘でつついた。佐熊は過剰なまでにびくっと痙攣《けいれん》し、おとなしくなった。

ノートパソコンを持った栗木田は、霧生と佐熊の間に割り込むと、「これで見えるでしょ？」と確認した。しばらく無言で操作していたが、「うーん、ないかも」とつぶやく。

「そんな簡単に見つかるわけない」と犬伏がさらに探すことを要求する。

「どこ探してもないもんはないんだよ。だって俺は作ってないんだから。それで、なかったらどうしてくれるんだよ？　ン？　こんな目に遭わせといて、謝る程度じゃ済まされないことはわかってるよな？　どうオトシマエつけてくれるんだよ？　あ？」

「いや、謝れば済むでしょう。ディスラー総統はさっき、商店街を中傷するビラを作ったことは認めましたよね？　でも霧生さんには謝罪もしてない。そっちが先でしょう？　ねえ、霧生さん」

霧生はうなずき、「佐熊さんは、営業妨害のせいでこちらが商売の危機に直面させられて人生もピンチに陥ってることなんて、何とも思ってないんでしょうね。自分が今、解放されることしか考えてないんですよね」と責めた。

「あたりまえだろ、まずは自分の危機を解決しないと、謝れるものも謝れない」

「まあいいでしょう、こちらが先に謝っておきますよ。失礼しました、ファイルはこのパソコンに存在しないし、佐熊さんは作成していません。作ったのは確かに私ども、未来系の面々です」

佐熊が驚く以上に驚いていたのは、霧生だった。激しい剣幕で何かを言おうとするのを、栗木田は例の強烈なまなざしで遮り、「今は佐熊さんとの話し合いですから」と封じた。

「こんなゲス野郎は見たことねえよ！　卑劣だ！　汚いにもほどがある！　最低の外道だ！」

「やはり最低の外道だと思いますか？」

妙に冷静な調子で栗木田が聞いてきたのが少し不気味ではあったけれど、いきなり形勢が逆転したことの興奮のほうが佐熊には勝《まさ》った。

「外道も外道、クズだ。これ以上、下はねえよ」

「これ以上、下はないですか？」

「ねえよ。救いようがない。こんな卑劣な真似しといて、バレたか、すみません、だと？　バカにしてんのか？　バレるに決まってるだろ！　おまえら、バカか？　どうにも救いようがない。生まれ直すしかないね。いったん死んで生まれ直してこいよ」

「やはり死ぬしかないですか？」

「死ぬしかない。死ねよ、今すぐ。ここで。俺への詫びとして」

「ほんとに死んでいいんですか？」

栗木田の腹の据わった目つきに佐熊は少し臆しかけたが、勢いを維持するために
「ああ、いいよ。死ねよ。ただし、言った以上、本気で死ねよ。茶番みたいなのはもうゴメンだからな」と言い放った。

「ゴーサインが出たぞ」と栗木田は犬伏に言った。佐熊は犬伏を見て、初めて自分の言葉を後悔した。自分の口にした「本気」という言葉こそが茶番を意味していることを思い知らされるほど、犬伏の目つきは純粋に本気だけだった。

犬伏は三人から距離をとると、厳かに正座をし、静かに腹式呼吸を繰り返す。羽織っていたパーカを脱ぎ、白いシャツのボタンをすべて外す。サラシを巻いた腹が現れる。

「ちょ、待った。俺のうちで死なれるのは迷惑なんで、死ぬなら外でやってもらおう」

佐熊は落ち着いて言ったつもりだったが、最初の部分の声が裏返った。

「死ぬなら？　あんたが死ねって言ったんだろ！」

栗木田の声はトランペットのように部屋中に響き渡った。それまでとまるで違う、人知を超えた存在の怒りが天から降ってきたかのように、佐熊には感じられた。佐熊

の隣で霧生もびくんと痙攣していた。脇差を前に置いて姿勢を正している犬伏は、世のすべてを悟ったというような静謐《せいひつ》なまなざしでこちらを見ている。佐熊は射貫かれて身動きが取れなかった。

「腐ってる。腐ってんじゃないかよ、この料理」と声がした。自分の声だった。そちらへ目を向けると、栗木田がパソコンで動画を再生させている。

「これが何だか、わかってるよな?」と栗木田は言った。佐熊はただうなずく。

「麦ばたけでの最初の事件のとき、あんたが撮ったムービーのオリジナルだ」

麦ばたけのマスターが料理を味見し、「これはこういう味なんですよ。全然問題ありません」と言っている。

「あんたの書いたブログと、ここに記録されてる事実とがどう違っているか、我々で検証しようか」

「あれは文章だから、多少の脚色はしてあるわけで」

「文章だけじゃないだろ、映像だって都合よく編集して公開したじゃないか」

佐熊はこれ以上言質を取られるのが不安で、言い返せない。

「要するに、麦ばたけを貶めるために捏造《ねつぞう》したわけだろ。ニセの記録を作って、ハメようとしたんだろ」

「さっきは、麦ばたけへの報復は理に適《かな》ってるって、理解してくれたじゃないか」

「理に適ってるなんて言ってない。怒りを向ける相手が誰であるかについては、筋が通ってると言ったんだ。ただし、怒りの内容もやり口も、そもそも怒ること自体も、私はゲス野郎のすることだと思ってる。どうだい、あんたのしたことは卑劣で汚いと思わないか？　それとも、高潔で誇るべき善行か？　一点の曇りもやましさもないと言い張れるか？　麦ばたけを批判するのに、こんな薄汚れた手を使わなくてもよかったと思わないか？」

佐熊はちらりと犬伏のほうを見た。犬伏は先ほどと変わらぬ姿勢と視線で、佐熊を見据えている。佐熊は、体の中央から自己が崩壊しそうな気配を覚えた。

「はい。それはそう思います」自然にそんな言葉が口を衝いていた。

「こんなやり方は、最低の外道でクズのすることじゃないのか？」

「そう言われても仕方ないと思います」

「こういうことをする輩《やから》は、救いようがないよな？」

霧生がはっとした表情をし、口を開きかけたのを、栗木田はスローモーションのようにゆっくりと見た。霧生は凍りつくようにして言葉を飲み込む。

佐熊も、「やはり死ぬしかないいんじゃない？」と言われるのを待った。栗木田は沈黙したままゆっくりと表情を崩していき、しばらく笑顔で佐熊を見つめた。

「だから言ったろ？　同じなんだよ、あんたも我々も。ディスラーにシンパシー感じてるってのは嘘じゃない。あんたも我々も、同じゲス野郎で最低の外道でクズなんだよ。同じクズだから、よくわかるんだ。何であんなことしてしまうのか、何であんな最低の手を使ってしまうのか」

緊張のピークからいったん解かれた弛緩と、まだ気を許してはいけないという警戒とがせめぎ合った哀れな表情を浮かべて、佐熊は栗木田を見た。

「ディスラーも、何かムシャクシャしていろいろと許せなくなるんだよな？ それでほんの些細なきっかけで爆発しちゃって、八つ当たりしちゃう。そうだろ？ わかるよ、我々も同じだから」

栗木田は佐熊の左側にしゃがみ、肩に手を回してきた。佐熊はうなずいた。

「こいつを始め、未来系の連中は無職が半分。まあ、仕事にあぶれてるやつもいれば、自分で勝手に仕事やめてぷらぷらしてるやつもいるから、同情には値しないけどね。むしろ、同情したら、したほうがバカを見ますよ。なぜならクズばっかりだから。あんたみたいなね」

栗木田は佐熊の顔をのぞき込んでわざとらしく笑い声を上げてから、犬伏を指さす。

「ただね、こいつらとあんたが違う唯一の点は、こいつらには自分がクズだっていうはっきりした自覚があるってことなんだよね」

栗木田は言葉を切って静かにうなずき、佐熊が咀嚼《そしゃく》し飲み込める時間を与える。

「あんただって、自分がクズであるってことぐらい、わかってないわけじゃない。でもやめられずに卑劣で最低なことばかりしてるうちに、自分が惨めになって、自分のしてることには立派な意味があって正しい行いなのだという理屈づけをしちゃうようになっちゃったんだな。それで自分で自分に言い訳してるうちに、ほんとに信じ始めた。つまり、まわりが見えなくなった」

噛んで含めるような穏やかでゆったりした調子で栗木田は話す。

「嘘がバレないようにする唯一の手段って、何だかわかるか？」

佐熊は首を振る。

「嘘で嘘を塗り固めるんだよ。そして、一生嘘をつき続ける。嘘の破綻ってのは、ほころびが出るかどうかじゃなくて、嘘ついているほうがどこまで押し切れるかにかかってるんだよね。そうじゃなきゃ、詐欺に引っかかる人がこんなに大量に出てきっこないだろ？」

確かに、とつぶやいたのは、霧生だった。

「たまにいるんだよ、嘘ついても平気でいられて、嘘で嘘を塗り固めていくことができる人が。そういう人は壊れてる。壊れてるけど、一種の才能だね、あれは」

栗木田が同意を求めるように佐熊の顔を見たので、うなずいた。

「でも、普通はもたない。自分でついた嘘が独り歩きしてくのについていけなくなって、嘘の世界から脱落してしまう。普通の人は壊れてないから、ほんとのことを忘れることはできなくて、嘘と矛盾しちゃう。相手を騙してるっていうやましい気持ちが消えないから、どこかで嘘を支えられなくなる。その点では、ディスラーは少し壊れてるよね。少し才能があるってわけだ」

佐態は褒められると警戒する。持ち上げるのは次の瞬間に落とすためだと思うから。

「だから、ネット界でちょっと有名人になれたよね。でも、こんな動画のオリジナルを保存しといてる時点で、甘いと思うんだよ。これはあんたが作製した嘘ムービーに対して、ほんとの事実でしょ。まだ、ほんとの事実があったことを、どこかで大切にしてるわけだ。自分の作る嘘は、ほんとの事実に対してはニセ物で価値が低くて負けているって、認めちゃってるわけだ」

そこで栗木田は立ち上がった。

「つまりあんたは、現実には何もしてないことになる。現実を押し切れる強さの嘘で、現実のほうを揺さぶったり変えたりするぐらいだったら、見上げたものだと思う。本当に才能のあるやつはそういうことをする。けどあんたのしたことは何だ？ 自分でも信じきれない嘘を振りかざして、あたかも勝利したかのようにネットの上でだけ振る舞ってるだけじゃないか。現実は何も変わっていない。思い込みの曇りを払ってみれば、悲しいぐらい何もできていない自分の姿が見えるだろうよ」

見下ろす格好で言われるとやっぱり効果は倍増するな、と佐熊はぼんやり思った。

「何で本物の嘘つきの才能がないのに、こんな中途半端なことをして、わざわざ自分を惨めにしてしまうのか？　もともとの自分を惨めだと思ってるからだよな。なぜ惨めだと思ってるかというと、もっと重要な人物にならなくては、もっと役に立って使える人材であらねば、趣味でも仕事でも何でもいいから好きなことに打ち込まねば、って焦るのに、いくらがんばっても現実にはそういう人間になれないでいるからだよな」

　佐熊は、たぶん、とつぶやいた。

「だから、こんなんじゃない、自分にだって何事か成し遂げられる、自分がここに生きていることを示す、自分だけのやり方っていうのを、この世に刻みつけることができる、そんな小さな気概があったんだよな。どんなに些細でもいい、人と違う自分らしい影響力を発揮して、見せつけてやる、ってね。一種のハングリー精神っていっていいのかな、それが嘘つきクレーマーの始まりだよね。理不尽な客対応されたときに、思いきってガツンと言ってやったら、相手があっけなく弱気になって謝ってきたものだから、その後も店員だとか公務員だとかに厳しく言っていると、自分が影響力のあるひとかどの人物である気がしてきて、この間違いだらけのおかしな世の中を直してるように思えてきた。何の取り柄もないと思われてきたこの自分に、世直しの使命と才能があったとは」

栗木田の説明は正鵠《せいこく》を射ていた。少々いかがわしい携帯電話の販売店に勤務し、うだつの上がらない仕事ぶりに自分でもうんざりしつつ、でもこれが俺だからと諦めていたが、その日の帰宅時、乗っていた電車が線路上で止まってしまって、車掌からは何の説明もなく三十分以上が経ち、車内に怒りが渦巻いたとき、佐態は突発的に非常コックを使ってドアを開けると線路を走って車掌室に乗り込み、車掌を絞め上げ、停車の理由と見通しを車内放送で説明させたのだった。人生であれほどの充実感と有能感を覚えたことはなかった。こんな取り柄が自分にはあったのかと、生まれ変わったような気分だった。そうして「世直し」に手を染め始めると、自信ができて仕事のほうもほんの少しうまくいくようになった。世直しをしていれば、職場の理不尽は耐えられた。それでにわかに世直しにのめり込んでいった。同じようなことをしている連中が他にも大勢いることをネットで知り、気分の上でつるむために「世直し同盟」を結成した。お互いの手柄を競い合うようにして、世直しを過激化させていった。

そのなれの果てが、これだ。栗木田の言うとおり、世は直っていやしない。世直しなんて、口実にすぎない。そんなこと、わかっていた。わかっていたけど、見ないようにしてきた。全部、栗木田の見透かしていたとおり。

「何がおかしかったのか、わかるか？　最初の設定に無理があるんだ。例えばこの日本で、人口一億二千万のうち、世を動かせる能力のある人が何人いる？　数えるほどだろう。単純に偏差値で考えたとして、平均である偏差値五十以下の人は、スポーツとか特殊技能がないかぎり、まあ普通に考えて、世の中を動かせるとは思えない。世の中の大半の凡人が、そんな重要人物になれるはずがない。それなのに、そんなものを目指すべきだと思い込まされていることが悲劇なんだ」

栗木田は佐熊に背を向けて「私も同じだ」とつぶやいた。

「あんたのしたことは、ひと言で言えば、現実からの逃避だ。どうにもならない自分を見ないように、ファンタジーの世界に閉じこもった。でも、ふとこうして我に返ってみると、惨めで死にたくなるだろ。自分が死にたいってまったく思ってない人は、他人に、死ね、なんて絶対に言わない。あんたは、心の奥底の、自分でも見えないぐらい深いところで、ものすごく死にたがってる。私にはわかる」

「栗木田さんも同じだから？」

「そう。でも違う。我々はそんなネガティブな姿勢で死にたいと思ってるわけじゃない。自分が情けないから死にたいんじゃない。同じ死ぬなら、もっと前向きな動機で死にたいものじゃないか？」

「いや、俺は死にたいとか、思ってないし」

「そんな警戒しなくて大丈夫だよ。死にたいって言わせて、じゃあ死なせてやる、自分から言ったんだからな、みたいな罠にはめるつもりはないから」

栗木田はまた佐熊のほうを向き、笑顔で言うと、隣に戻ってしゃがみ、佐熊の肩を抱いた。

「世の中の大半の人間はクズなんだよ。あんたや我々みたいな。何の役にも立たないし、使える人間を目指せばただただ人を不快にして苛立たせるだけ。あんたを本当に必要だと感じてくれる人もいない。どれだけ無意味な存在か、もう私が説明するまでもないよな?」

佐熊がうなずくのも待たずに、栗木田は続ける。

「子どもを作って次世代を育てるのが凡人の役割だと勘違いしてる輩もいるけど、クズが目障りなのはその数が増えすぎたからだ。延々とクズがクズを増やしてどうする? そもそもクズの大半は増やす力さえないけどな」

栗木田は笑ったが、まわりは誰も笑わなかった。

「そんなクズに何の意味がある? クズってのはゴミだろ。ゴミにはどんな役割がある?」

「埋め立てとか肥料とか温水プールとか……」

「ディスラー、わかってるじゃん」と栗木田は佐熊の肩を叩いた。

「腐って泥に還《かえ》って養分になることだよな。クズの役目も同じこと。クズは死んで養分になるべきなんだ。クズが泥に還らなくなったら、養分が減っていく。それどころか、養分を使う側にまわってしまう。完全にクズの役割を逸脱してる。クズが自分はクズじゃないと思い込んでいるから、クズがクズの役割を果たせないでいる」

栗木田はうんざりしたように首を振った。

「あんたが心の奥の無意識で死にたいって欲望し続けてるのは、こういう状況のなせる技なんだよ。死ぬべきクズが自分の本当の使命も理解せずに、トチ狂った行動に走ってるから、おまえ本来の役目は死ぬことなんだよ、目を覚ませ、ってメッセージが脳の底から発せられるわけだ」

栗木田は言葉を切って、少し口を休めた。

「目を逸らさないで、心の声に耳を傾けてほしい。自分はクズであり、自ら死んで養分になるという役割があるのだと自覚してほしい。これは、『クズは死ね』というような、後ろ向きの姿勢とはまったく違う。使命と役割に誇りを持った、いわば、『クズ道というは死ぬことと見つけたり』ってところかな」

犬伏が強い視線で栗木田を見たほかは、反応はなかった。犬伏は依然として背筋の伸びた姿勢を崩さず、自分自身が刃物であるかのような鋭利な空気をまとっている。サラシの下の腹筋の引き締まり具合を見るに、脇差を突き立て、引いたときに切れやすいよう、鍛えたのだなとわかる。鶏肉や豚肉だって、脂身の多い部位より筋肉ばかりの部位のほうが包丁が入りやすいもんな、と佐熊はとりとめもなく思った。栗木田はまた立ち上がった。佐熊は重しのとれたような解放を感じた。

「ノアの方舟の話は知ってるよな?」

佐熊は一瞬、怪訝《けげん》な顔になるのをとめられなかったが、とにかくうなずいた。

「私はキリスト教徒ではないし神とかを信じてもいないけど、普遍的な話だと思うので、方舟の例で考えてみたい。洪水が起こる前、世の中は言ってみれば腐っていたわけだ。ちょっとやそっとで変えられるような状態をはるかに超えて、もうどうしようもなくなっていた。いったん世界をご破算にする以外に、この世を救う道はもはやなかった」

栗木田は間を置いた。これが栗木田の話術らしかった。

「それでノアとその一族を方舟に乗せて、残りの全人類を滅ぼした。動物はとばっちりだけどね。で、ノアは選ばれた人間ということになっているが、本当にそうなのか、というのがここで考えたいことだ。何しろ、世が新しくなるために本当に必要だったのは、ノアが生き残ること以上に、他の人間たちが死ぬことだったんだから。選ばれたのはノアじゃなくて、ノア以外の、死んだ者たちじゃないだろうか? ノアはむしろ、選ばれなかった、選に漏れた役立たずとも言えるんじゃなかろうか」

栗木田はゆっくりと全員の顔を見た。

「今の世も腐ってるよな。だからディスラーも世直しに励んだつもりでいたんだもんな。洪水みたいなものも、世界中で起きている。まさに、古い時代は終わり、新しい時代が作られようとしてる。人類は少しずつ滅亡しようとしていると、私は実感してる。それで、方舟がどこにあるのかは知らないが、少なくとも私はその乗客ではないことは自覚している。本能的に知ってるというかね。おまえらもそうだろ？」

　今度は全員がうなずいた。

「大切なのは、滅びるほうだろ？　滅びるべき者たちがその使命を悟って死んでいくから、世の中を新しく変えることができるわけだ。つまり、世を変えているのは、死んでいく側なんだよ。我々が、世を捨てるような自棄《やけ》な気分じゃなく、強い意志を持って率先して消えることで、次のもっとマシであろう世を生むことができるんだ。変な言い方だが、無意味さを認めて死ぬことのできる我々には、生まれてきた意味がある。私はそちらの側にいたい。というか、いる。我々こそが改革者なんだ、選ばれた民なんだ！」

　栗木田は名曲のサビの部分を歌い上げるように、美しく通る声を張り上げ、人差し指で佐熊を指した。佐熊はおこりのような興奮が腹の底から湧き上がってくるのを感じた。それは先ほどまでは恐怖の感情だったが、今は喜びを伴う気力へと昇華している。この瞬間、自分はこの若者たちと結ばれたと確信した。長い間、佐熊の体と心を覆っていた頑迷な被膜がいつの間にか消えていて、この連中とじかに接触している。これがわかり合うってことなんだ、と佐態は涙ぐみそうな感覚で思った。

「一番よくないのは、不安や恐怖や諦めの念に囚われてしまうこと。そうすると、自分のしていること、置かれた状況がわからなくなり、判断を間違える。使命は自分を終わらせることなのに、誤って他の人間を終わらせたりしてしまう。いいか、ここが肝心なんだからな。我々には、自分をどうするかについて、決める権利がある。他人にどうこう言われる筋合いはない。他の人間に私の代わりはできない。私のことは私が決めるしかないし、決めていいし、決める権利がある。それが、その人らしさを保証する」

沈黙を織り交ぜて、一同の目を順番に見る。

「だから我々も、他の人に対して、その人が自身をどうするかの決定について、干渉することはできない。自己決定権は尊重されなくてはならない、なぜなら、人間は神だとかの全能者じゃないんだから」

自分は最初から殺されることはなかったのだと佐態は気づいたが、もはやどうでもよいことだった。どうでもよいことになったから、栗木田も、殺すつもりなどなかったことを明かしたのだろう。

「これも、さっき言った『クズは死ね』と、『クズ道というは死ぬことと見つけたり』

の違いってことになる。クズなら殺してもいい、とはならない。クズが自分から役割を自覚して、自ら前向きに死のうとするところに新しい時代の芽が隠れているんであって、他人が殺すのでは、その芽を摘み取ることになる」

「つまり俺たちのしてることってのは、クズはこうやって使命を自覚して、こうやって死ぬんだっていう手本を見せることなんだよ」犬伏がいきなり口を挟んだ。

「そういうことだ。でも、おまえは黙ってろ。これは俺の使命だ」

「すいません」

「まあ、こいつを見ててよくわかっただろ？　早く死にたくて仕方がないんだ。みんなの前で思いっきり腹かっさばいて、一人でも多く覚醒させて、後に続いてほしいって熱望してるんだ」

「じゃあ、今から腹切るの？」と聞いたのは霧生だった。

栗木田は首を振り、「残念だが、今日はまたおあずけだ」と言った。そのとたん、それまで背筋を張っていた犬伏は、あああと声を発しながら前にくずおれ、泣き始めた。覚悟はしてた、してたよ、けど、またおあずけはきっつい、苦しい、と切れ切れにうめきながら泣く。

「何でおあずけなんだ？　俺が覚醒したからか？」と佐態が尋ねる。

「あんたは即戦力なんだよ。覚醒まであと一息の状態だったから、我々がそっと背中を押してあげるだけでよかった。今までだって使命を果たそうともがきながら、ちょっとズレてただけだからな」

佐熊はこれまでの自分の満たされなさの原因を鮮やかに示してもらって、澱《よど》んでいた自分の気が素直に流れ出すのを感じた。

「世の大半の人たちだって、本当は死にたい欲求を、心の奥の奥の、自分では見えない底に抱えてる。世の大半はクズなわけだから。でも、そのほとんどは、まだ覚醒から遠い位置にいるのが現実だ。よく理由もわからないまま、自分の無意味感に怯え、懸命に生にしがみつき、さらに自分を苦しくし、世を悪くしている。そりゃあきついのはあたりまえだよね、自分の役割と違うことを必死こいてやってるんだから」

栗木田は哀れみ慈しむような目で天を仰いだ。そして涙を指でぬぐった。

「そんなかれらを目覚めさせるには、それだけのエネルギーが必要だ。一種のショックを与えなくちゃならない。つまり、我々が大きな集団となって、かれらの意識を引きつけるような形で、いっせいに自死を決行するんだ。自殺ってのは連鎖するだろう? いったん扉を開けてあげれば、自分の地下で蠢《うごめ》いている死にたい欲望を目の当たりにすることになって、雪崩を打ってみんな死んでいくよ。死に後れたくない気持ちでいっぱいになって、先を競ってね。解放してあげようじゃないか、押し込められた欲望を。他人を殺《あや》めず、罪を犯さず、誠実に」

栗木田が言葉を切っても、誰も何も言わなかった。佐熊も、感極まって言葉が出ない。

「目覚めた少数が細々と死んでいくだけでは、残念ながら変化は中途半端に終わって、結局は何も変わらない。それでは無駄死にだろ？　役割は果たしきれなかったことになるだろ？」

栗木田は佐熊を見て言ったが、はい、と返事をしたのは、よだれ混じりにうめいている犬伏だった。

「だから今は、先陣を切る仲間を集める時期なんだ。己を律して早まることなく、機が熟すまでじっと待つ。決して逝きこぼれてはいけない。チャンスは一度しかないわけだから」

「その機が熟すのはいつなんです？」と佐熊は尋ねた。

「それは我々の判断することじゃない。個々人が勝手に判断して、時期がみんな一致すると思うかね？」

佐熊も霧生も首を振る。

「お告げというか、徴《しるし》が現れる。誰もが間違わないような、明快な徴がね。我々の考えでは、それは図領さんからもたらされる。ディスラーとの一件のブログで、我々はそれを悟った。ついに徴をもたらす存在が現れた、ってね。私はそれまでも麦ばたけに出入りしていたから、図領さんのことは知っていたけれど、あのブログで何かが変わった。図領さんも、あの人なりの使命に目覚めたんだよ。そして、そのきっかけが佐熊さん、あんただった」

栗木田が熱い目で佐熊を見つめる。佐熊は自分が震えているのを知った。震えて泣いているのだった。

「初めに言ったろ、あんたは未来系の源で生みの親だって。親密な空気を演出しようとしたわけじゃないって、これでわかってもらえたかな？　怖がらせてから優しくすることで落とそうとしたんじゃないって」

佐熊は泣きながら、「わかってる」と答えた。栗木田は佐熊の肩を抱えるようにしながら何度も叩き、小さく犬伏に目配せし、犬伏はシャツのボタンを留めて脇差を手にして立ち上がる。放心していた霧生も、慌てて立ち上がる。

霧生　8

そのまま解散するだろうと霧生は思ったが、栗木田は玄関で佐熊に「何かまだちょっと離れがたい気分じゃない？」と言い出した。

「これから我々は、松保神社の未来系のたまり場に移動して飲み食いするんだけど、佐熊さんも来ないか？」

「え、いいの？」と佐熊は一瞬目を輝かせたが、すぐに眉をひそめ、「敵対してるはずの俺が急になれなれしく顔出したら、気分害するやつがいるだろう」とうつむいた。

「その点は大丈夫。こういうことはよくあるから、みんな慣れてるし、おんなじようにして仲間に加わったメンバーもいるから」

　それでもしばらく佐熊は躊躇《ちゅうちょ》していたが、「何かこのままじゃ、寂しいじゃん。まだ物足りないし、飲もう」と犬伏にも言われて、その気になった。

　誰からも誘われなかった霧生は、自分はメンバーじゃないから行っちゃいけないのかな、と孤独に思い、つい「ぼくは行かないほうがいいかな」とつぶやいてしまった。

「何言ってるんです。一緒に行くに決まってるでしょ。帰るって言ったって、拉致するつもりでしたよ」栗木田はあきれたように言った。

　佐熊への栗木田の説得を聞きながら、霧生は深く心を揺さぶられていたのだった。クズ道というは死ぬことと見つけたり。まさに自分の道はこれだと感じていた。今まで、自己実現だとかにこだわって、まったく向いていない商売の道なんかに足を踏み入れたものだから、苦しむ羽目に陥ったのだ。お門違いの方向へ突っ走り続けても、好転するはずがない。

　トルタを作るのは大好きだ。お客さんに喜んでもらうのも、喩《たと》えようがない喜びに満ちている。でも、経営はまったくダメ。利益を出すという観点から考えようとすると、頭がぼんやりしてくる。売り上げを伸ばすアイデアを絞り出した結果が、ただ営業時間を延ばしただけ。誰から見ても、商売の才能から見放されてるのは一目瞭然だ。その理由はクズだから。自分がクズだと思うと、なぜだか気持ちが軽くなる。トルタはメキシコの食べ物であって、日本人の口には合わなかったのだ。自分の好物だからといって、他の日本人も好きになるとはかぎらない。何の根拠もなく漠然と、こんなに美味しくて手軽なんだから絶対受ける、と決めつけていた。でも、それは自分の味覚でしかないことが、理解できていなかった。他人の観点からシミュレートしてみるという頭が欠けている。そういう発想がないから、独りよがりに商売している。

そもそも、自分の感覚が、他の人には通用していない。自分の感性が広く一般に受け入れられるようなものなら、独りよがりでも成功できるのかもしれないが、断絶がありすぎる。浮きまくってる。

何てイタい人生なんだろう。どうしてもトルタ屋を開きたいのなら、メキシコで開けばよかったのだ。

いや、こういう考えをしている時点で間違ってる。トルタ作りなんて、自分の場合はどうがんばっても個人的な趣味にしかならない。それを商売にしようだなんて思ってしまうことが、惨めすぎる。自己実現しなければという空気に縛られて、己をわかっていないのだ。トルタを作ることで喜んでもらえる、役に立つことができてる、と勘違いしているところですでに終わってる。自分には、トルタを作る役割さえ、与えられていないのだ。

どこを切っても、自分がクズである証しか出てこない。クズの本分は、死ぬこと。死んで、この社会に蔓延する価値観がまやかしであることを、広く知らしめること。増えすぎたムダを消していかないと人類は再生できないことを、身をもって示すこと。みんながこぞって一新に乗り出していきたくなるよう、目覚めさせること。

今までの虚しく惨めな苦労と比べて、なんと有意義な行為だろう！　人類規模のスケールの目的に向かって、発射エンジンとなるのだ。自分にもこんな崇高な使命があったなんて！

松保神社までの道すがら、霧生は犬伏に、自分の使命が「死ぬことと見つけた」ときの心境を根掘り葉掘り尋ねた。

「細胞が全部入れ替わったっつうのかな。てめえのそれまでの穢《けが》れが一気に落ちて、身ぎれいになったな。生きてることを許されたっていうかね、変な言い方だけど。死ぬぞと思うようになったんだから」

思い出すだけでも高揚してくるようで、犬伏はそれまでの消沈から一転、顔を上げて目を輝かせた。そして霧生を見て、「あれ、ひょっとして、霧生さん、目覚めちゃった?」と笑いを噛み殺すような表情をした。霧生は慎重に「まだはっきりとはわからないけど。何しろ初めての経験だし」と答えた。

「いや、もう顔見るだけではっきりしてるって。霧生さんにも来ちゃったよ!」

犬伏は、語らいながら前を歩く栗木田と佐熊に聞こえるように言った。栗木田は振り返り、「今ごろ気づいたのか、遅えよ」とだけ言い、ちらりと霧生を見てうなずいた。

「すまんね、鈍くさくて。俺も自分の運命に集中してたから、気づかなかった」と犬伏は詫びた。

「いやいや、そんなことといいよ。でも無念だったね。あれだけ覚悟決めて、その気でいておあずけ食らうと、ほんときついだろうなあ。ぼくなんかいくら想像したって、まだ気持ちが及ばないけど」

犬伏はまたがっくりとうなだれ、「耐えがたいものがある」とうめくように言った。せっかく犬伏の気持ちが持ち直し始めたのに、また落ち込ませて、自分は何をしてるんだ、と霧生も落ち込む。

「こないだ俺の後輩でレオって若い衆が、ゴーサイン出たってんで、腹刺したんだよ。まあ、今日みたいなシチュエーションでね。相手はかたくなに目覚めることを拒んだんで、レオは腹を刺すとこまで行ったんだ。あとはこう、グッと割くだけってところで、相手が目覚めたってことで、中止を命じられた」

犬伏は悔しげにうめいて泣き声をごまかし、こぶしで涙をぬぐう。

「無念なんてもんじゃない。どこにその気持ちを持ってけばいいってんだよ？　しかもレオが言うには、相手は覚醒なんかしちゃいねえってんだ。ただ怖くてそんなふりしただけだって。誰が見たってまやかしだってわかる態度だったのに、中止させられた。俺の覚悟はその程度のものかよって、病院のベッドでレオが言うんだよ」

犬伏はそれ以上言葉を継げなくなった。自分には語る言葉がないと自覚し、霧生は黙っていた。落ち着くと、犬伏はまた話を続ける。

「それを聞いたときよ、俺は矛盾する気分に引き裂かれたよ。一方ではあいつの悔しさが流れ込んできて、もう一方では羨ましくて仕方がなかった。俺もすぐおまえの後に続くからな、おまえの無念は俺が晴らしてやるからな、って、武者震いするような気分で決意した。だから、今日は何としてでも、やり遂げたかった」

霧生は厳かな気持ちで、黙ってうなずいた。

「ただな、当然、こうなることも予測はしてた。後輩があんな目に遭ってるんだから、同じようなことは起こりうるって思ってないと、バカだろ？」

犬伏は自分こそがそんなバカだといわんばかりの自嘲的な笑いを浮かべた。

「いやまったく、栗木田の言うとおりでさ、単発で死に急いでたら、それは使命を果たしたことにはならなくて、てめえの欲望のために自分勝手に意味なく死んだだけで、なんにも変えられない。俺らをコケにしまくってる世の中はでかいツラしたままだ。なんにも変えられないでただ身勝手に死ぬんなら、それは単なる敗北だろ」

犬伏は霧生の顔を見て同意を求めたので、「まったくだ」と応じた。

「俺だって負けて死んだなんて思われるのは本位じゃない。だから、機が熟すまでしぶとく待つつもりではいる。そこを我慢する力についちゃあ、見くびってほしくない。ただ、その機会じゃないってわかってるのに、ゴーサインが出たみたいに言うのは、どうなんかい？ってことよ」

鋭い視線で霧生を見てから、犬伏はすぐに後悔したように「あー、今のはナシ。忘れてくれ」と両手を左右に振った。

「ま、霧生さんにもそのうちわかるよ。いつかここぞというときに逝くっていうのが、俺らの使命であり支えなんだから、振り回されることにどれだけ傷つくことか。それ以上の恍惚のために耐えるのみだね」

犬伏の告白を聞いて霧生の心に芽生えたのは、気の毒なという同情ではなく、犬伏も後輩から聞いたときに感じたであろう、激しい羨望の念だった。自分も早く本番の舞台に臨みたいという、憧れの情だった。その緊張、一回きりというかけがえのない思い、選ばれた民の誇り。自分とは無縁と思い込んでいた、そういう崇高さに身を捧げたい。

霧生は深呼吸をして、感極まってあふれそうになる涙を引き戻した。

それから丸一日のことを、霧生はよく覚えていない。ところどころ鮮明に、脳の中枢に刻まれて忘れられない場面はたくさんあるのだが、それらは断片化されて順序や因果を欠いていて、なぜそんなことをしていたのか、説明できない。

最初は、商店組合の事務所の一階で、車座になっての飲み会だった。十数人の中には、見たことのない顔もたくさんいた。外様《とざま》の松保シンパとして未来系に加わっている者たちということだった。霧生が、何だ、商店組合の便宜を受けてるのか、と咎《とが》めるように言ったところ、この建物は松保神社の所有で、商店組合のほうが松保神社から便宜を受けている、と栗木田は説明した。ただ、土地は、神社のあたり一帯の大地主である匠酒店の阪辺一族のもので、阪辺理事長から二階の一室を商店組合に貸してほしいと求められた以上、神社側も断れなかったという事情もあるそうだ。未来系が一階の集会室をたまり場として使わせてもらっているのは、商店組合とは関係なく、端的に宮司の息子、白河が未来系の中枢メンバーだからである。

後から推測するに、アルコールに強くない霧生が泥酔したころからそれは始まったのだろう。

未来系の連中に取り囲まれ、つま先立ちでしゃがませられ、眠りかけると拳で殴られた。

「死にたいクズが、誰かと友だちでいる権利なんかあると思うか」

通話がつながっている自分の携帯電話を差し出され、卑猥な言葉を絶叫させられた場面も何度もよみがえる。電話帳に登録されている何人もに、同じ絶叫を浴びせるよう、強要されたのだろう。

「おまえの薄弱な意志なんか、誰も信じないんだよ」

水の入ったバケツに頭を押し込められ、苦しくて吸い込んで溺れかけた。

「おまえは誰がどう見てもクズだ、無意味だ。誰も食わないサンドイッチを一生作ってろ。そうやって食い物を無意味にクズにしていくおまえは、最底辺のクズだ。クズはどうするしかないか、言ってみろ」

「死ぬしかありません」

「じゃあ何で今まだ生きてるんだよ？　死ぬしかないってわかってるのに、何、ぐずぐずしてるんだよ」

「すぐ死にます」

「口ばっかで言ってんじゃねえよ。とっとと実行しろよ」

だが手も足も拘束されて動けないのだった。動けないまま、「死ぬ気ないんだろ？　いつまでもそうやって口だけで死ぬ死ぬ言ってろよ。クズの言うことなんて誰も信じないからよ」「おまえが死んだところで、誰も後に続かねえよ。誰がクズの真似なんかするかよ」と嘲笑される。

「それでも死にます。本気です」

「無意味に死んだら迷惑なんだよ。誰がてめえの死体、処理すると思ってるんだよ」

という言葉とともに、手足の指の先端に激痛が走る。

「機が熟すまで待ちます」

「クズのくせに、言い訳して生き長らえようって魂胆か?」

「無駄死にはしません」

「おまえの死に影響力なんか、ないんだよ。まだわからないのか」

息を吸うと水が入ってきて激しくせき込む。

「早く死ねよ。死にてえんだろ」

「死にます。でも無駄には死にません」

「死にそこないはクズよりも最低だ。そういうの、何て言う?」

「クソです」

眠ったのか気絶したのか判然としないまま、目の覚める感覚がある。

「クソもクズも、肥やしだよな。種が発芽するための栄養だよな」

「肥やしがたくさんないと、種は実を結ぶまで育たない。おまえは大量の肥やしの一部だよ」

「ゴーサインが出たら、すぐその場で死ねるな？　たとえクソしてる最中でも」

「準備ができてないとか、言い訳はありえない。機会は一度きり」

「死ねなかったら、自分が惨めなだけだ。クズであることよりも、クズの本分を果たせずに一人だけ逝きこぼれて生き残る恥は、筆舌に尽くしがたいぞ。それでも生き残ってしまってもいいのか？」

佐熊が足蹴にされていた図も記憶にあるから、二人して「修行」を受けていたのだろう。

目覚めてスマートフォンを見たとき、六月二十四日水曜日十六時四十四分だった。佐熊のアパートに押しかけたのが月曜の夜だから、丸二日が経とうとしている。集会室には誰もいなかった。店を断りなく休業にしてしまった、と焦ったが、改修工事中だったことを思い出した。プミータの経営に勤《いそ》しんでいる自分が、遠い過去の人間に感じられる。自分には他にすべきことがある、プミータはそれまでの隠れ蓑みたいなものだ、と思った。工事中の店舗兼住宅には、どうせ夜まで戻れない。霧生はいま一度、眠りの底へ沈んでいく。

霧生 9

翌々日、エアコンのきいたすずしろ台図書館で昼間の時間をつぶしていると、ロン毛のバクーから、「今日がデビューだよ」と連絡が来た。

「何の？」

「未来系でしょ」

「ぼくは未来系じゃないでしょ」

「休業中はどうせ昼間は居場所もないから、活動に参加するって明言してたじゃない」

「そうだっけ？」

「全部録画してあるから」

霧生は諦めた。未来系に参加しようがしまいが、決行の時以外のすべてのことは些細なことだった。霧生にもはや選択肢はないのだ。

純喫茶「フリージア」から、コーヒーが運ばれてきたときにソーサーにあふれていたとクレームをつけて大騒ぎしている老年客がいるので仲裁してほしい、とヘルプが来たという。その程度で？と思わないでもなかったが、とにかくコールがあったら予断を持たずに駆けつけるべしというのが未来系の鉄則ということだった。

　現場にはすでにバクーと白河がいた。その老年客の言い分は、「ひとこと謝ってくれ、と言ってるだけなんだよ」ということだった。「コーヒーをこぼさずに持ってくるのは当然のことだろ。だから汚してることを指摘したら、コーヒーがこぼれることぐらい普通だ、そんなことでいちいちちゃもんつけるなんてクレーマーだ、って言われたから、こっちもあったま来ちゃってさ。その不愉快な態度を謝ってくれって言ってんだよ」

　霧生には、店の対応も悪いように聞こえた。だが、マスターの田居《たい》さんは、「ずっとこの調子で嘘つくんですよ」とパイプをふかしながら言う。「ちょくちょく来ちゃあ、この調子でメチャクチャな要求してね」

　バクーと白河は、「言い訳は惨めになるだけでしょう。そちらこそ謝っちゃいなさいよ。それで丸く収まるんだし」と諭す。老年客は顔を赤くしながら、「それは筋が通らないよ、嘘ついてるのはマスターだよ、やってもないことの謝罪なんかできるかい、謝ってもらうのはこっちなんだから。何だよ、他に客がいないからって、多勢に無勢で寄ってたかって言いがかりつけて。こうなったら俺だって意地でも謝ってもらうからな」と激高してくる。

「他のお客さんがいないから、ここでこうして穏やかに話し合いしてられるんでね。

でもいつお客さんが来ないとも限らないから、いい加減、ここ、出ましょうか、窓崎《まどさき》さん」

白河の言葉に、オヤジはギョッとして未来系の面々を見た。霧生もギョッとしていたが、態度には表さないようにした。

「お宅、近くでしょ。そっち行って続きの話し合いしましょうか」

バクーが強引に席を立たせようとする。窓崎は反射的に椅子にしがみついたが、バクーと白河が指を一本一本はがそうとし、その力の強さに小さく悲鳴を上げ、自分から立ち上がった。

「コーヒー代は後で払ってもらいますんで」とバクーが田居さんに言うと、「もういいよ、この店に出入り禁止にしてくれれば」と田居さんは追い払うような身振りで答えた。

未来系が自宅まで連行する間、青ざめた窓崎は黙って連れられるがままになっていた。松保駅を越え、松保神社と通りを挟んで右側のブロックの松保一丁目内に、窓崎のアパートはあった。窓崎が鍵を開けている玄関の扉を見て、霧生は心臓が縮む思いがした。失格住民を表す「□」マークが、落書きのようにスプレーで大きく描いてある。もはや、下方の隅に描くといった、目立たせないための配慮すらない。ディスラーの偽ビラの時と同じく、やはりこのトラブル自体が仕組まれたものだったのだ。

部屋に入ると、バクーと白河は、窓崎に松保から出て行くよう、脅した。これからもあんたが行くところには、未来系がいつでも現れるから、未来系の姿を見たくなかったら松保の外に住むしかない、と言った。我々の地域活動は地元の交番と連携しているから、警察に頼ろうと思っても逆効果だ。未来系が要注意人物と認定した者は、松保神社交番にも届け出てあるから、警察にとっても要注意人物になるのでね。どういう手で逃れようとしても未来系の監視は追ってくるから、心しておくように。

固まったまま反応できないでいる窓崎を置いて、三人は出て行く。

霧生は、何のためにあんな人畜無害そうな老人を追い出すのか、と尋ねた。

「あのおっさんは、フリージアでいっつも、コーヒー一杯で六時間も七時間も粘るんだと。どうかすると、開店から閉店まで、コーヒー一杯で居据わるそうだ。満席なので遠慮してもらおうと、コーヒーのお代わりを勧めても、絶対に応じない。フリージアだけじゃなくて、彩文堂では何時間も立ち読みする。週刊誌とか、毎週読破するらしいよ。滝乃庵でも、食べ終わってから、店が閉まるまで動かない。そんなんで評判がよくなくて、失格住民認定されたんだ」

バクーの説明に、霧生は胸を裂かれるような気持ちがした。それで、「あの人もクズでしょ。追い出すんじゃなくて、どうしてクズとして目覚めさせてやらなかったの？　そのほうがあの人にとっても幸せでしょ」と言った。

「霧生さんはまだわかってないかもしれないけど、先陣を切る我々は、選ばれし者なんだよ。窓崎とかは、我々が先陣を切った後に、世の中全体が覚醒して、みんなが終末へ雪崩《なだれ》を打ったときに逝けば十分なクチなんだよ。霧生さんも、そのへんの自覚はもっと持ってほしいな」

白河がかなり強い批判のトーンをにじませて言う。霧生みたいな愚鈍なクズを俺たち先鋭の仲間になんか入れやがってという不満のようなものが、口調から滲《にじ》み出ている。

「こんなあからさまなやり方して、松保商店街の評判が落ちたりしないのかな」半ば投げやりに霧生はつぶやいた。

「そのへんの印象操作は抜かりない。栗木田はそのあたり天才的だし、図領さんもアドバイスくれるし、佐態っていう強力な即戦力も加わったしね」

松保の街が方舟になるということなのだろう、と霧生は思った。残るべき人たちを集めたら、未来系が先陣を切る。そして、それに引っ張られるようにして、人類は滅亡していく。

他の人の事情は自分にはわからない、と霧生は小さく首を振った。わかっているのは、自分はまごうかたなきクズであり、邪念なく「クズ道というは死ぬことと見つけたり」の実践に人生を捧げる、という覚悟だけだ。

「もし、こいつはひょっとして失格住民じゃないか、って迷うことがあったら、とりあえず、松保人ですか、って聞いてみな。もし、水松様の子孫ですって答えが返ってきたら、その人はもう松保住民として認められてるっていう合図だから、失格住民扱いしちゃいけない。合い言葉は、『松保人』と『水松様』だ」バクーが説明する。

「だから霧生さんも、『松保人か』と聞かれたら、必ず『水松様の子孫』という言葉を答えるように」白河が付け加える。

霧生はどうでもいいと思いながらうなずいておいた。

その後も、霧生は頻繁に未来系に呼び出されては、失格住民候補を尾行して扉に□マークを記したり、□マークの付いた家を張り込んだり、写真や動画を撮ったりさせられた。また、土日には舘沢結子と図領秋奈が中心となって進めている「地産地消活動」の一環として、小さな空き地での農作業を手伝わされた。住民の出ていった古いアパートを取り壊した跡地などを、菜園として利用して、麦ばたけ他に地場産の食材を提供するのだという。茶番だと霧生は感じても、誰もが本気なので、そう感じるのは自分がクズである証拠だと反省した。

プミータの営業再開前日の日曜日には、霧生の協力の労をねぎらって、今晩、お疲れさま会を夕暮が丘のスペインバル「ドゥエンデ」で開くと、図領から連絡が来た。

出向いてみると、すでに図領は来ていて、その隣に若い女が座っている。それだけだった。未来系の面々は誰もいない。またか、と疲労を感じたが、この手のやり口にはもう慣れてもいた。

「野瓜のおばあちゃんのお孫さんで、涼世《すずよ》さん」と図領は紹介した。とたんに霧生の頭は発火しそうになったが、驚いたふりをしてごまかし、「ああ！　お噂はかねがね。野瓜さんの三軒隣でメキシコのサンドイッチ屋をしてる霧生といいます。いっつも野瓜のおばあちゃんにはお世話になってます」などと挨拶をした。

「私もしょっちゅう祖母からうかがってます」と涼世さんは感じよく言った。

図領が主導しながら、それぞれの仕事や生活を適度に語り合ったりして、会食は和やかに終わった。話しながら霧生が感じたのは、愛想よくしているけれど、この人も内心は困惑していて無難に切り抜けようとしているな、ということだった。

今は松保から十五分の御子霊《みこたま》駅に住んでいるという涼世さんと夕暮が丘の駅で別れるや、霧生はどういうつもりなのかと図領を問い質した。

「悪くない感触だったじゃない」と図領は霧生の詰問には答えず、にやにやしながら言った。

「冗談じゃない、不愉快きわまりないよ。涼世さんもそうだったよ、明らかに。怒りを抑えて感じよく振る舞ってて、ほんと申し訳ない思いでいっぱいだったよ。いくら何でもしちゃいけないことってのがあるだろ。図領、ちょっと調子に乗ってんじゃないの、何でもかんでもうまくいくからって」

「おお、こんなにテンション高い霧生なんて珍しい」

「茶化すんじゃないよ。ほんと頭来てるんだから。ぼくにも涼世さんにも、謝るべきだ。さもなきゃ、ぼくだって図領と縁を切る」

「いや、想像以上におまえら、気が合ってるよ。その俺に対する嫌悪感、そっくり。食事の間じゅう、霧生からも涼世さんからも、おんなじ質の怒りがびんびん伝わってきたもんね。俺の悪口、二人だけでしてみ。すんごい盛り上がって意気投合できるから。ぜひ意思疎通を深めるネタとして、俺を使ってほしいね」

　キレた霧生がそこで図領を置き去りにして一人で松保へ戻ってから二日後、交換した名刺のアドレスに、涼世さんからメールが届いた。自分にはつきあっている人がいるため、結婚を前提にした交際はできません、今回のご縁はなかったことにしてください、申し訳ありません、といった内容だった。霧生は、まるで縁談みたいでしたね、こちらも未来系の飲み会だと聞かされて出向いたら、あのような席が設けられていたので、何が何やらです、ご不快な思いをさせたことをお詫びします、と返信をしたところ、涼世さんから、え、お見合いじゃなかったんですか、私は祖母にどうしても断れない縁談の紹介を受けたから会うだけ会ってくれ、おばあちゃんも知ってる人でとても誠実ないい人だから、と言われて、固辞したんだけど、今つきあっている人のことはまだ家族には言っていないので押し切られて、形だけお会いすることになった次第でした、でも霧生さんも騙されてたとは！　いったい誰がどういうつもりで仕組んでるんでしょうね、と返事が来た。

霧生は本当に図領と絶縁する覚悟でまだ支度中の麦ばたけを訪れ、メールの件を話し、見合いってバカにしてるのか、と怒りをぶつけた。図領はまた嬉しそうに相好を崩し、「ぜーんぶ含み込んだうえでの提案さ」と悪びれない。涼世さんに将来を考えていそうな恋人がいることも未来系が調査して承知してる、けど、そんなことはどうでもいいんだ、要は老い先短い野瓜豆腐店の店舗を維持することが肝心で、俺としては霧生に法的にあの店のオーナーになってほしいんだよ、この件は野瓜さんも協力してくれることを約束している、だからペーパーの上だけでいいから野瓜家の一員になってくれれば、霧生はあの店のオーナーとなれる、もちろん霧生自身はトルタ屋を続けてくれていていい、実際に豆腐を作る連中は商店組合で探してくる、霧生が野瓜家の一員となることで、豆腐店もプミータも安泰になるんだよ。

涼世さんの意思は完全無視かよ、と霧生が声を荒らげると、それも考えたうえでのことだって、と答える。涼世さんの説得は未来系と野瓜さんに任せておけばいい、彼女は進歩的な考え方をする女性だから、法的な婚姻をそんなに重視しないだろうし、まあぶっちゃけ、今のお相手とは法的な結婚は無理でしょう、だからこれからの時代、身を守るためにもむしろ、おまえと偽装結婚してるほうが何かと都合がいいと思うんだよ、そのへんは説得すれば涼世さんも考えてくれるから、霧生はまじめで裏切らないから涼世さんにとっても偽装結婚するにはうってつけのはずだし、じっくり考えてもらえれば、これほどウィン・ウィンの関係はないって、だから、未来系が涼世さんと話した後でまた、涼世さんと会って決めてほしい。

やっぱり図領からあんな見舞い金を受け取るんじゃなかった、と今さらながら霧生は後悔した。自分だけの問題なら、プミータがどうなろうと、もはや大したことじゃない。自分の人生は来るべき決起の時のためにのみ存在しているのであって、それまでは場つなぎにすぎないのだから。あの金も場つなぎの資金として何となく受け取った。それがこんなふうに、他人の人生までも縛ることに使われようとは。

耳をそろえて返してやると思ったが、むろんまったく当てはない。無尽の融資を受ける以外には。

場つなぎの人生のうちにこの身をすっかり差し押さえられたら、決起する自由を失ってしまう。後に大きな責任を残して逝くわけにはいかない。といって、松保を見捨てるような行動を取ったら、未来系から見放される。それはすなわち、決起に参加できなくなることを意味する。一人で逝くのでは、ほとんど誰をも覚醒させられない。

それは、決起のときに怖気づいて脱落することと合わせて「逝きこぼれ」と呼ばれて、最も軽蔑すべき独善とされている。

クズの道は苦しい、と霧生は息も絶え絶えにひとりごちた。


営業を再開した週の木曜の午後、栗木田がプミータに現れてベーコンエッグのトルタを頼み、「試用期間中はご苦労さん」と礼を言った。霧生は、日曜の図領の一件で苛立っていたため、つい「こないだのお疲れさん会、ありがとう。お疲れさん」と嫌味を漏らした。栗木田は苦笑し、「ほんと、お疲れさんでしたね」と返した。

「やっぱり図領とグルか」

「いやいや、ほんとにお疲れさま会をあの店で企画してたんですよ。それで、図領さんにも声をかけたら、悪いけどその企画、俺に貸してくれる?って、持ってっちゃったんです」

霧生はその経緯を語る栗木田の他人事みたいな薄笑いが気に食わなかった。

「何か未来系も図領も、詐欺まがいのことばっかりしてない? 選ばれし者の態度としては、ずいぶん卑屈だよね」

「クズだから仕方ないんですよ。好むと好まざるとにかかわらず、それが我々のクズ道なんです」

「じゃあ、図領はどうなるんだよ？　あれじゃ我々クズと変わらないじゃないか」霧生は、栗木田がよく使う「我々」という言葉を無意識に使う。

「それは俺にもわかりません。俺は図領さんを現世に残る側だと思っているけど、そのときになったらじつはクズだったと目覚めて、自分を未来に向けて始末するかもしれません。それは我々クズには計り知れないことです。ただ、先陣である我々へのゴーサインは、図領さんが環境を整えたときに発せられるだろうと信じてるだけでね」

「そんな適当で、本当に世の中を広く覚醒させることなんてできるのかなあ。ぼくには何か、初心が失われてる感じがするな」

「初心って、霧生さんは最近目覚めたばっかりで、我々の当初なんか知らないでしょう。霧生さんの理想なんか投影されても、クズはクズにしかなりようがないですよ。そんなんじゃ、クズの自覚ができたなんてとうてい言えないですね。ママゴトしてるんじゃないんだから」栗木田はやや嘲笑うような調子で言った。

霧生は栗木田に一瞬、憎悪を抱くとともに、ここまで腐ってこそ本物のクズであって、インパクトを与えて覚醒させられるのは、こういう黒い感情を喚起できる者なのだと理解した。おぞましさにショックを受けて、それが自分の中にもあると知ったときに、目覚めるのだから。

言い返せずにいるうちに、栗木田はトルタを食べ終わり、「まあ、無理しないでくださいな。必死こいて我々についてくる必要なんてないんだから」と言って去っていった。霧生は、クズとしても落ちこぼれているような惨めさに身を焼かれる思いがした。落ちこぼれたクズとしての意地を見せないと、何もない存在になってしまう、と焦りを覚えた。

足もとの地面が崩壊したような気がしたのは、その週末の土曜の朝、平日よりは遅い時間に開店準備をしていたところ、職人たちが野瓜豆腐店に足場を組み始め、午後には店の中を壊し始めたときだった。スケルトン工事の現場を見に現れた野瓜のおばあちゃんに「改装ですか」と尋ねると、「あたしたちはね、もう隠居」と答えるではないか。

「えーっ、突然すぎませんか」

野瓜さんは首を振り、「ずっと考えてきたとおりさ。気持ちはあっても、もう体がもちゃしないからね」と言う。

「ショックです、今まで毎日顔合わしてきたのに。寂しくなっちゃうなあ」霧生は野瓜さんの水くささにも傷ついていた。涼世さんの件があってから、話しにくくはなっていたものの。

「寂しいのはこっちだよ。そのうちあんたがうちの店継ぐから、店畳むのはもうちょっと待ってくれって図領さんが言うから、しばらく延ばしてきたんだけどさ、もう無理になったからってんで、がっくりきちゃったよ」

「はあ？　そんなこと初耳ですよ！　ほんとに図領が言ったんですか？」

「そうだよ、あんたに話持ちかけたらやる気になりかけてるから、少し待ってくれって。デリケートな話だから、うちらからはあんたに話さないで、図領さんに説得は任してれば、うまくいくって言うからさ。知らない人に継いでもらうよか、いくらもいいからね、喜んでたんだよ。やっぱり豆腐じゃ、若い人には野暮ったいかね？」

「そんなこと全然ないですよ。それ以前に、ぼくは図領からそんな話ひと言も聞いてませんから」

「それは嘘だよ、涼《すず》ちゃんとも会ったって、涼ちゃんから聞いたよ」

霧生の中で、図領への殺意が破裂した。

「ああ、その話ですか。それはぼくも涼世さんも乗り気じゃないので、無理ですよ」

激高を抑えて、努めて平静に答えようとするが、体はわななないている。

「それは知ってる、涼ちゃんも言ってたからね」

「お豆腐屋さんの将来のことについて図領から話があったのは、そのときだけです」

「それはおかしいねえ。どっちかが嘘ついてることになるね」野瓜さんは、霧生への疑いを丸出しにした声と目つきで言った。

「それで、お豆腐屋さんは、誰か新しい人が継ぐんですか？」霧生はかまわずに尋ねた。

　野瓜さんは非難のまなざしを変えずにうなずき、「設備も老いぼれちゃったし、真新しい機械を入れて、若い人にアッピールできる見てくれにするんだとさ」と、どこか投げやりに言った。

「それも図領の指示ですか？」

「図領さんはよく相談に乗ってくれるよ。若い人が考えてくれないと、うちらの考えじゃ時代に合わないからね。みんなが図領さんみたくやってくれりゃあねえ。でも図領さんの努力も実って松保商店街も元気出てきたから、私たちも心おきなく隠居できるのは、ほんとよかった」

　商店街より先にお陀仏になれますね、と言いたかったが、もはやそんな冗談を言い合える信頼はないのだと悲しく思い、霧生はまた図領への殺意を膨れあがらせた。それと同時に、自分はもうお払い箱なんだろうか、とも思った。豆腐店の代替わりを図領が伝えてこなかったのは、もはや霧生には関係のない話だからではないのか。オーナーになってくれればいい、などと言っていたけれど、それももう解決したということか。

　もしかして、このまま失格住民に認定されるのかもしれないな、と霧生は悟った。

商店組合のみんなも、野瓜さんのように、よそよそしくなるだろう。未来系はトラブルを捏造して、霧生を松保にいづらくさせるだろう。

もう時間はあまり残されていない。こちらから仕掛けるしかない。

犬伏 2

犬伏献《いぬぶしけん》のスマートフォンに霧生からメッセージが届いたのは、昨晩自決をおあずけになった未来系外様《とざま》の数度《すうど》のケアをしといてくれと栗木田に頼まれ、ささくれ立った気分で松保神社の社務所を出たときだった。まるで、自分が出てくるのを見計らっていたかのようなタイミングに、犬伏はついあたりを見回したが、霧生の姿は見当たらない。それでも、犬伏は霧生が近くにいるような気がした。

ディスラーが攻撃を仕掛けてきたときに便乗して松保商店街をディスった連中のうち、松保に住んでいる者を徹底して洗い出して失格住民認定する「隠れディスラー」狩りが栗木田の指揮のもと、大規模に展開されている最中だった。たいていの隠れディスラーは潜在的クズなので改心させやすく、そのたびに自決の芝居が打たれるため、おあずけを食らう未来系メンバーが続出しており、犬伏は栗木田に懇願《こんがん》されては自決未然者たちのメンタルケアに追われていた。そして、自分の無念さを追体験しては、心身が八つ裂きにされるような苦しみを味わう。そんなときは自分から立ち昇る殺気が、他人の目にも見えてしまうのじゃないかと恐れた。今も、それを感知した霧生が呼びかけてきたように錯覚したのだ。

霧生は、サシで相談したいことがあるから、すずしろ台図書館に今すぐ来てくれないか、と頼んできた。会うことも含めて他言無用としてほしい、とも。犬伏は、了解と返事をし、ただちに松保駅から電車に乗って隣のすずしろ台で降り、すずしろ台商店街を歩く。夕暮が丘からは二駅離れているせいか、商店街は華やかではないが落ち着いた品のよい飲食店が多く、松保のような没落感がない。松保は夕暮が丘とすずしろ台という二つの高級住宅街に挟まれた谷間にあって、埋没していったのだった。

商店街のどんづまり近くにある区立すずしろ台図書館に入る。霧生はロビーの椅子に腰かけてぼんやりしていた。図書館の中では話せないので、住宅街の中にある、ワンルームと称したくなるほど小さな公園に移動する。何の遊具もないので、誰もいない。

「経営がピンチの霧生さんが店ほっぽり出して相談とは、穏やかじゃなさそうだな」

犬伏は軽口を叩いたが、硬い声には警戒と緊張が表れている。

「相談っていうのは、ぼくたちだけで決起しないかってことなんだよ」

霧生が単刀直入にそんなことを切り出したので、犬伏は度肝を抜かれて目を見開いたが、腹を立てていきなり否定したりはせず、「何か理由《わけ》があるから、そんなたわごと言い出すんだよな？」と言って、聞く構えを示した。

「我々クズが自決するのは、世直しのためだよね？」

犬伏は眉間に皺を寄せ、やや上目遣いで霧生を推し量るように睨み、うなずいた。

霧生は怯えたようにうつむき、犬伏と目を合わそうとはしない。

「決起の効果をあげるためには、腐ってると自分たちが思うようなやり方にも、多少、目をつむるべきなんだよね？」

「それがクズだからな」

「それが例えばディスラーのやり口とほとんど同じだとしても、クズだからかまわないのかな？　最後、決起すればチャラになるのかな？」

「ディスラーのやり口と同じって、どういうことだよ？　そんなことを未来系がしてるって言いたいのかよ？」

「未来系もだけど、図領がね」

霧生はそう言って、違和感を覚えた出来事を洗いざらい、犬伏にぶちまけてきた。やはり霧生は松保神社の社務所で自分が出てくるのを狙っていたな、と犬伏は確信した。俺の苛立ちの棘が放つ殺気に感応して、俺なら自分と同じく耐えがたく感じてくれる、という直感にすがったのだろう。

話が進むにつれ、犬伏の眉間の皺《しわ》は深く濃くなっていった。胆汁の沼にはまっていく気がした。霧生が図領たちのやり方の汚さに憤慨《ふんがい》を表すごとに、静かにうなずいた。うなずき方は大きくなっていき、自信なさげだった霧生の声も熱を帯びて張りが出てくる。

「これが本当に我々が決起するための準備なら、ぼくだって全部腹にしまっておく。でも、とてもそうは思えないんだよ。ぼくには単に、図領たちが自分たちの金や力を集めるために、未来系を利用しているように見えてしまう。だって、決起に向けての支度や覚悟なんて、これまでまともに求められたことないでしょ。ぼくは日が浅いから知らないだけかもしれないけど」

「いや、確かにない。決起が話にのぼることも減ってる。反比例するように、おあずけを食らうケースは増えてる。だから、俺たちの何人かがひどく不満を溜めてることは事実だ」

「栗木田には、無理してついてこなくていいって言われたよ。ぼくは覚醒したのにだよ？　あんまりにもひどい言い方じゃないか。犬伏は栗木田をよく知ってるから、それにも意図があることがわかるかもしれないけど」

「栗木田ってのはそういうやつだよ。毎晩、俺はあいつに狂ったように罵り倒されてる。おかげでクズとしての自覚に目覚めたし、その自覚を維持するために、あいつの罵倒は気狂いじみてく一方だ」

「じゃあ、これはぼくの思い込みか」

霧生は、この話を相談したのは失敗だったかというように、あからさまな落胆を見せた。犬伏はこの瞬間、霧生の決断に乗ろうと腹を決めた。

「いや、俺も最近、栗木田の狂いっぷりは、俺を萎縮させるためなんじゃないかって思い始めてきたとこだ。俺がディスラーのところで腹を切りそこなってから、明らかに栗木田が俺にビビってるのを感じる。暴走して逝きこぼれるんじゃないかって、冷や冷やしてるように感じる。一つ間違えば、俺が栗木田を殺《や》りかねないからな」

霧生は、その穏やかで気弱なまなざしに、一瞬だけ狂気の光を走らせた。犬伏のその言葉が、栗木田の考えを言い当てているのではなく、犬伏の内心を表したものであると、霧生にもわかったのだろう。

「それは自決のおあずけをくらった俺が、自決に取り憑かれて、そのことしか考えられなくなったせいだと思ってた。我欲に囚われて、世直しのために消滅するって観点が消えている、と自己反省していた。でも、今霧生さんの話を聞いてはっきりしたね。我欲に囚われてるのが誰なのか。さもなきゃ、おあずけを食らわせるなんて真似、しない。ゴーサインが出たなんて言わない。ただディスラーみたいな野郎を脅せばいいだけの話だ」

「ぼくにも今、わかったよ。あそこで本気で腹を切りかければ、相手は洗脳されるよ、ぼくやディスラーみたいにね。ただ脅しただけなら、洗脳はされない。犬伏の本気を目の当たりにしたから、洗脳されたんだ。そうやってぼくたちは自分をクズだと思うようになって、腐ってるやつらの手に落ちた。でも、ぼくたちは本物のクズとしての本分に目覚めたんだ。あいつらの思惑を超えてね」

まるで霧生の口を借りて、自分が喋っているようだと、犬伏は感じた。犬伏の怨念は飽和し、化学反応して燃え始め、「舐めやがって」と低くうなる。

「初心を失ったのか、最初からそんなものはなかったのか、ぼくにはわからない。とにかく言えるのは、今のまま待ってても、本物のゴーサインは永遠に出ないだろうってこと。決起は決して起こらない。ぼくたちは懸命に自分を抑えながら、いいように使われ続けるんだ。そして使えなくなったら、決起を起こせないように破壊されてから、捨てられる」

霧生のその言葉で犬伏は、自分がいつの間にか拘束衣を着せられていたことを悟った。苦々しさと屈辱のあまり鬼のような形相になった犬伏は、呼吸を荒くしてうなずいた。

「まさしく今俺は破壊されてる最中にある。霧生さんのこの話も、罪悪感から否定しかねなかった。それほどがっちりと、俺の決起しようとする心を縛りやがった」

「ぼくらが覚醒させるべき相手ははっきりしたね。今立たないと、ぼくたちが潰されて、決起の芽は永遠に摘まれると思うんだ。本当のクズ道を信じられる、確実な者だけでいいから、すみやかに決起しよう」

霧生の目は完全にイッていた。そんな目の霧生を見るのは初めてだった。こいつは本性を現そうとしている。そしてその本性は、俺と同じ姿をしている。犬伏は、霧生が拘束衣を脱がせ、栗木田による洗脳を解いてくれているのを感じた。

「わかった。ゴーサインが図領さんから発せられて、栗木田だけがそれを察知できるなんていうこと自体がおかしかった。ゴーサインは今、出てる。それは覚醒した者なら誰だってわかるはず。示し合わせる必要なんてない。それぞれさみだれ式にゴーサインを認めて、自決してく。そういう形で決起は連鎖してでかくなってくんだ」

「ぼくもそう思う。犬伏は確実な同志を集めてほしい。ぼくは、決起が効果を発揮できる場所とタイミングを探っておく。くれぐれも慎重にね」

犬伏は黒々とした目で、霧生の同じように黒々と潤んだような瞳を見つめてうなずき、ぶつぶつと名前をつぶやきながら指を折って数え始めた。

相沼　2

決起集会が開かれたのは、霧生さんの店が定休日である火曜日の午後、武蔵野川の川原でだった。未来系幹部に見つからず、誰にも会議の内容が聞かれない場所として、相沼湘子《あいぬましょうこ》が提案した。

真夏の日差しが照りつけ、ひっきりなしに蚊に襲われたが、自分たちの決意にふさわしい潔い場所だと誰もが感じていた。

集まったのは七人。霧生さん、犬伏さん、レオ、カジーニョのほか、未来系発足のときにいち早く参加を宣言した老田《おいだ》という女、それに数度《すうど》と名乗る相沼の知らない男。最近の活動の様子からして覚悟していたことではあったが、相沼はバクーの姿がないことに失望した。お調子者は結局乗せられて、道を見失っていくものだ。これまでも幾度となく経験してきた道理だが、気のいいバクーには裏切られたくなかった。

すでにおのおのの決意は犬伏さんが確認してあったが、改めて犬伏さんは「決起の直前まで、脱落する権利はある。今の段階で迷いを持ってるやつはいるか？」と問うた。

全員が首を振ったが、その後でレオが手を挙げて疑問を口にした。相変わらずブリーチした金色の短髪を逆立て、眉の端っこに銀の粒のピアスをしている。退院してから少し太ったようだ。

「決起するのはたったこれっぽっちなんですよね？　未来系が一斉決起するときは、本当は何百人規模のつもりでしたよね。これだけで、マジで覚醒を促せるんですかね？」

「世の中全体にっていうわけにはいかないかもしれない。気持ちとしては、覚醒は何段階かを経て、世の中全体に広まってくと信じるしかない。でも本気を見せて、効果的に派手にやれば、強烈なインパクトは絶対与えられる。本当はこの世は覚醒したくてたまらないはずなんだから」

「そこなんですけどね、何か俺ら、甘いんじゃないかって気がしてきてるんです。クズは死ぬしかない、これはＯＫ。それを表すために、自決だけですか。たったこれっぽっちしか決起しないんなら、もっとインパクトがほしくないですか？　それで俺、思うんですけど、クズは死ねってことで、一人がもう一人を道連れにするんです。今の未来系のしてることはクズ道からしたら裏切りなんですから、裏切り者も一緒に成敗しちまえばいいんですよ。そうしたら、単純に倍で十四人。しかも天誅ときたら、この衝撃はけっこうなもんだと思うんですよ」

「クズ道から外れたクズは死ねってことか？」

「まあ、そうも言えますね。そう、俺はそう思ってます。俺もクズだけど、俺の自決を奪って平然としてるクズは、はよ死ねって思ってます」

久母井を締めたとき、栗木田に自決を促されながら結局中断されたことの復讐をレオはしたくてたまらないのだろうと、相沼にも痛いほどわかった。

「人に死ねって促すような輩は、クズ以下だよな」

「クソです」

「俺たちが自決するのは、クズ道をまっとうするからだよな？　おまえがクズじゃなくてクソなら、決起から抜けてもらうことになるけど、それでもいいか？」

「それだけは絶対いやです。もう俺には決起して自決する以外、生きる意味はないです」

「わかってるのに、何でクズ道に外れるようなこと、自分から言い出すんだ？　我々の覚醒したのは、クズ道だ。クズ道というは死ぬことと見つけたり。この真理に目覚めたんだ、逸脱は許されない。てめえの正義を振りかざして殺し合って、世直しができた例しがあるか？　ねえんだよ。クズはクズを自覚して、世の中に迷惑かけてないで、潔く逝くべし。新しい世は、残った非クズが決めること。どうしようもないクズだからこそ、この最期の高潔さで世を清めることで、世の中が救われるんじゃないか。殺したりしたら、世を汚してしまう。それはクズ道から外れる。そんなクソに魂売ると、未来系の堕落と一緒になっちまうんだよ」

「でもクズなんだから、サイテーなことしちゃっていいんじゃないですか？　クズが何、高潔を気取ってんだって話ですよ。笑っちゃいますよ！」レオは最後を自嘲と自己嫌悪たっぷりに叫んだ。

「まさしくね、栗木田がそういう言い方をしたんだよね」と霧生さんが口を挟んだ。

「それが罠なんだよ。そういう見方にはまったら、もうぼくたちは自決できなくなる。卑しく図領たちのしもべになって、サイテーなことを繰り返して、死ぬことも連中の命令で行うしかなくなるんだ。どうしてだか、わかるよね？　だって、奴隷は自分が自分の主人じゃないんだから、死ぬ権利もなくしてる」

霧生さんの後を犬伏さんが引き取る。

「クズ道ってのはそういうことじゃないだろ？　いくらクズでも、奴隷じゃないだろ？　奴隷同然でも、無意味で役立たずでも、そんなクズの自分をどうするか、それだけは最後に決める権利を持ってるはずだろ？　だから、死ぬことと見つけることができるんじゃねえの？　クズであることを自分で決めるのがクズ道だろ？　自決の権利まで売り渡すようなことはしちゃならねえんだよ」

レオは悔し涙にくれながら、うなずいていた。

「さてと」と霧生さんが、一同を見渡す。「決起の日は、来週十九日の日曜日、十四時に松保商店街の第二ブロックの歩行者天国内。ちょうど麦ばたけの前あたり。きっかり十四時に集合し、犬伏の言葉を合図に決行する。合図の言葉は、クズ道というは死ぬことと見つけたり。他のいかなるメッセージも用意してはいけない。犬伏がこの言葉を宣言したら、妨害が入ることが予想されるので、すみやかに腹を割くこと。横一文字にかっさばいたら、阻止される前に、必ず頸動脈を切るか喉を突くかして、果てる。自決を決めた以上、どんな理由であれ、逝きこぼれは許されない。縦十字に割くとか、時間をロスするようなこだわりも捨てる。横に割いたら喉を切る、シンプルにそれだけ。これを二分以内で遂げるように」

続きを犬伏さんが説明する。

「短刀は、俺とカジーニョとレオで、松保神社の社務所に保管してあるのを二日前に持ち出しとくから、前日の二十時にここへ取りに来ること。衣装は、裃《かみしも》を用意する経済的余裕はないだろうから、白系の浴衣でいい。女は胸にサラシを巻いておく。

本来だったら、心ゆくまで腹を割ききってから介錯をつけたいところだけど、衆人環視の中で一気に終わらせる必要があるから、こういう不十分な形になった。無念きわまりないけど、早くに目覚めた者の宿命として、受け入れてほしい」

「御意！」と相沼は響く声を発し、立ち上がった。つられた四人も、「御意」と叫んで立つ。そして真ん中で全員が手を握り合う。相沼は、自分以外の六人の気が、手を通じてこちらに流れ込んできて、心の奥底で固まっていた恐怖心をゆっくり溶かしていくのを感じた。これを勇気というんだ、と思った。勇気は一人だけでは持てない、恐怖は一人だけでは乗り越えられない。これで大丈夫だ。これで間違いなく、逝ける。

霧生　10

決起の日は朝八時の時点ですでに気温三十度を超えていた。晴れているのだが、湿度が高すぎるせいか、空全体が白っぽい。こういう日の午後に上空に冷たい大気が入り込むと、局地的なゲリラ豪雨を降らせる。そんな日が二日に一度ぐらいの割合で続いていた。土砂降りになると通りから人が消えてしまうから、決起の効果も薄れてしまうんじゃないか、と霧生は懸念した。

落ち着かない気分を紛らわせたくて、天候への不安を犬伏と共有したいと感じたが、情報漏れを防ぐために通信機器での連絡はいっさい取り合わないようにしている。特に当日は、ことを起こす午後二時まで、同志間でじかに会うことも禁止した。

邪念を振り払おうと、汗だくになりながら開店の準備に勤しむ。トルタが冷えるから冷房は入れない。特に、一度熱したチーズは冷やしてはならないのだ。

アドレナリンが噴き出ていつもより集中できているせいか、こんなときに限って新しいトルタのメニューが閃《ひらめ》いたりする。ライムにレモン、オレガノ、タイム、カルダモン、クミンといったハーブやスパイスで自家製のハムを作り、アボカドとハラペーニョと合わせるのだ。先週、自家製ハム作りのコツを図領から教わって以来、自分が特製ハムを完璧に仕上げているイメージが頭を離れない。根拠はないのに、間違いなくうまくハムを作れる自信がある。しかも、自家製ライムハーブハムのトルタは大ヒットするという手応えまでついてきた。

これまでの人生、とりたてて取り柄がないのに、レールのない、他人と違った生き方をしてこられたのは、ひとえにこの手応えに忠実に従ってきたからだ。一つのトルタを完璧に作り上げた瞬間に降りてくる、あの手応えと同じ感触。料理の道に進んだとき、店を辞めてメキシコへ渡ったとき、絶望の中でトルタ屋に出会いホセに弟子入りを志願したとき、日本へ戻ってトルタ屋で生きていくと決めたとき。たくさんの決断の時があったけれど、どの選択肢をいつ選ぶかについては、いつも自分の中に明確な手応えがあって、迷わずその手応えを信じてきた。必死で努力していると、手応えがいつの間にか自分の中に訪れているのだ。

それが今、来ている。霧生には、この訪れが何を意味しているのか、はっきりとわかっている。もう失敗だと諦めていたトルタ屋が、失敗ではないかもしれないのだ。ぎりぎりのところで、花開こうとしているのかもしれないのだ。

いや、ぎりぎりという段階はもう過ぎただろ、と嘲笑する自分の声が返ってくる。自家製ハムを作る金はどこから出るんだよ。無尽か？　趣味のトルタ屋の最後を飾って、手の込んだ贅沢トルタをご披露したら、あとは店ごと図領に明け渡して、ただの使用人に成り果てるか。一瞬でも夢想を現実と取り違えた自分の錯乱が、可笑しく悲しい。

しかし、手応えは霧生の心身の中に依然として揺るぎなく存在していて、反撃してくる。

では決起について、自分はこれまでのような手応えを感じているのか？　自分の中に蓄積されてできた、あの確かなジャンプ台みたいな感覚に支えられての決断なのか？　そのジャンプ台を信じて踏み切れば必ず、広くてあらゆる時空とつながった空を飛んでいる気持ちになれる、そんな手応えを伴っていたか？

霧生は答えを知っている。けれどその答え以上に、もう選択肢のないことも理解している。選んだ事実は白紙には戻らないのだ。今とは違う運命を選んでいれば、自家製ハムのトルタのアイデアが降りてきたときにうまくいったのかもしれない。けれど、その可能世界はもう過去のこと。魅力的な夢想が、ただ場違いに降りてきてしまっただけのこと。

霧生はひとときの夢を、最期を前に楽しむことができて幸福だったと思った。一人で微笑んでいたことに気づく。悪くない人生だったと思う。今日のトルタは全部完璧に仕上げられるだろう。

　休日の開店時刻である十一時が近づき、店の立て看板を外に出すとき、空は暗くなっていた。北西の空から、煙のような黒雲が湧いている。ああ、やっぱり降るのか、とかすかな諦念とともに、霧生は受け入れる。今なら、どんな理不尽をも受け入れそうな気がする。

　開店準備の締めとして、霧生は必ずトイレに行く。店舗の奥へ向かおうとしたら、廊下に影が立っていた。霧生はびくんと痙攣する。裏玄関は鍵を閉めてあるはず。暗がりに目が慣れるまでもなく、誰だかわかった。湯北さんだった。湯北さんは霧生が口を開く前に、「この店は私が買収したから、今日から私がオーナー」と告げた。事態が飲み込めずに言葉を発せられないでいる霧生の手をつかむと、「詳しいことは今から説明するから、一緒に来て」と引っ張った。反射的に「いや、」とつぶやいて霧生は体に力を入れ、引っ張る力に抵抗しかけたが、「来るの、来ないの?」と湯北さんに強い声で詰問されると、力が抜けた。そのまま引っ張られて裏玄関からサンダル履きで外に出ると、住宅街のコインパークでコバルトブルーの乗用車に乗せられる。

「湯北さんて、車持ってたんだ?」

「これはレンタカー」

「運転もできるんだ？」

「人間なら誰でもできる」

それからしばらくまた無言が続き、汗まみれの火照った体が車内のエアコンでクールダウンしてゆき、南八通りからルート88に出て明らかに横浜に向かっていることがわかったとき、霧生は口をきいた。

「湯北さんがあの不動産を買ったってことですか」

「それもある」

「商店組合に了承は得たんですか」

五月の組合規約改正で、組合の承認なしでは店舗を勝手に売り買いできない「店舗保存の法則」が決められたのだ。

「得るわけないでしょ、あんなの、法的には成り立たない規約なんだから。文句言われたら、組合を抜ければいいだけ」

「まあ湯北さんならそうでしょうね。法的には問題なくても、商店街的には大問題だろうし、湯北さんが営業しにくくなるんじゃないですか？　マダム的羽《まとわ》の例もあるし」

「あれ、ハメられたって知ってた？」

「残留うんち事件ですか？　やっぱりおかしいと思ったんだよなあ。未来系の仕業でしょ」

「あのときはまだ未来系じゃなかったけどね。まあ、あの連中」

「いろいろやらかしてきたんだろうとは、今になればぼくも想像つきますよ」

「霧生ももう内部の人だしね」

霧生の鼓動は速くなり、黙ってしまう。

「マダム的羽がハメられたって話、私が言いたかったのはそのことじゃないんだよね。マダム的羽は商店組合への加入をじつは申請してたんだよ。でも、図領が握りつぶした。そしてマダム的羽には、強烈な反対があったから加入は難しかったけれど、組合に入ってなくても特に大きな問題は起こらないから、がんばって営業してください、みたいなこと言ってたんだと」

「どうしてそんなこと知ってるんですか」

「咲紀ちゃんから聞いた」

「えっ、咲紀さんと会ったんですか？」

「失踪する前に聞いたの」

マダム的羽のペット用品店がつぶれる少し前から、咲紀さんはマダム的羽と話すようになったという。孤立を見かねたというだけでなく、咲紀さん自身が孤立を感じ始めていて、マダム的羽も同じ境遇にあるんじゃないかと察して、親しくなっていった。

「マダム的羽とは違う形だけど、うちの店もはっきりと圧力を受けてて不安を感じるって言ってたんだよね」
「松保を出てけって言われてたんですか？」
「具体的には聞かなかった。そのへんは今は霧生のほうが詳しいでしょ」
霧生はまた口をつぐんだ。確かに、咲紀さんの夜逃げに栗木田と犬伏が関わってい
ただろうことは肌で感じている。もしかしたら、あの朝、二人が咲紀さんの逃げたあ
とをのぞいていたのは、消し忘れた□マークを消すためだったのかもしれない。
「そんなリスクまで負って、どうしてプミータの建物を買ったりしたんです」
「不動産のオーナーになっただけなら、ただの大家でしょ。私はプミータを買収した
の。あんたのボスになったの」
「買収って、法人でもないんだし、何言ってるんですか」
「鈍くさいね、プミータの借金をすっかり返したんだよ。それだけじゃない、運転資
金も入れといたから」
霧生は眉に皺を寄せたまま、何と反応していいかわからずに固まった。話の内容が
理解できないのでは、反応のしようがない。
「霧生を店ごと、買い取ったの」湯北さんはもう一度、噛んで含めるように言った。
「ぼく以外の人間に借金は返せませんて。個人の持ち物だから、買収とかありえない

って」

「あんたを捏造すりゃ、そんなこと、どうにでもなるでしょう。霧生であることを証明するドキュメントと、似てる人さえいれば。指紋認証とかされるわけじゃなし」

「そんな不正したんですか！　ありえない！」

「したんだからありえる」

湯北さんは断言すると、「買収」の手口を詳細に説明し、登記簿謄本や通帳も見せた。精巧な工芸品の作り方を聞いているようだった。合鍵を用意して霧生の通帳や印鑑、保険証、パスポートを失敬するなど、まったき犯罪行為だった。これが映画の出来事ならその鮮やかさに感心するところだが、現実には自分の店がニセの自分に奪われたのだ。非現実すぎて、霧生の胸にはまだ感情が湧かない。激情がほとばしったのは、湯北さんが次のように言ったときだった。

「というわけで、プミータはうちの会社『有限会社スプリング・ノース』の一事業。で、霧生は雇われ店長ね」

霧生の脳の中で何か袋状のものが破れ、体に悪い液が噴出した。湯北さんにも裏切られたのか、と思った。霧生は恨みで暗く沈んだ声で、「図領の差し金ですか。湯北さんもグルだったとはね」とうめいた。犯罪行為で店を乗っ取られた事実より、図領と口裏を合わせて陥れられたということのほうが、霧生にはショックだった。

けれど湯北さんは、「あんた、どこまで頭乗っ取られてんの」と心底あきれたように否定した。「まあ、頭持ってかれちゃった人は、それ以外、考えられないから仕方ないけどね」とため息をつき、「とにかく、これで霧生は何の心配もなく、トルタ作りに専念してればいいの。要はそういうこと。わかってる?」

「わかってますよ。あんたたちの奴隷となって、トルタ製造マシーンとなって残りの人生を送れってことでしょ」

「どこをどう聞いたらそういう解釈になるのやら。好きにしていいってことじゃない」

「もちろん、好きにしますよ。ぼくがトルタを作るか作らないかまで含めて、最後は自分で決めますから」霧生は一転、晴れがましいまでの爽快感とともに言い放った。迷いがないって、素晴らしい。

ある意味で、これでよかったのかもしれない。自決の後で、店の後始末に責任を持ってもらえるわけだから。自分のあとにトルタ屋を継ぎたいなんて大勘違い野郎は日本じゅう探したっていないわけだし、自分の痕跡はきれいさっぱり消える。こうやって次々と自決するたびに痕跡が消えていけば、この世もほどなく白紙に戻ろうってなものだ。

そこまで考えたとき、霧生の目に運転席のデジタル時計の、「12:37」という数字が目に入った。もう戻らないと、決起に間に合わなくなる！　全身を冷や汗が流れる。

「どこまで行くんですか？　っていうか、どこか行く当て、あるんですか？」

「どこだろう？　松保の正反対？」

「目的ないなら、もう戻りましょう。店、閉めっぱなしはまずいし」

「まだダメ。霧生は全然わかってくれないから」

「もう十分すぎるほどわかりましたよ。ぼくはトルタを好きなだけ作っていいんでしょ。だったら、早くトルタ作りに戻らせてくださいよ」

「ほら、まるでわかってない。霧生が今後も松保商店街でトルタを作り続けるってことの意味、私に説明してみて」

「パトロンとしてカネの面倒は見るから、好きなことを続けてみろ」

「好きなこと続ける、の意味をもっと詳しく」

霧生はデジタル時計の数字が一つずつ進んでいくのを、酸素を失っていく宇宙飛行士みたいな気分で見つめ、冷静さを失ってはいけない、粘り強く待つのだ、と自分をなだめる。

「ちょっとやそっとで諦めずに続けていく」

「諦めない具体例は？」

「何を言わせようとしてるんですか？　もっと率直に話しましょうよ」

「いたって率直だよ。私がまだるっこしいことが大嫌いなのは、霧生もよく知ってるでしょ」

「そうだけど、その質問の意味がわかんないんですけど」抑えなければと思うのに不満が弾けて、いたずらに時間を浪費するほうへ向かってしまう。

「話してればすぐにわかるって。じゃあ、質問を変えてもいい。私が松保で鍼灸院をやってることの意味は？」

うんざりしたが、これ以上、遠回りを重ねるわけにはいかない。

「だから、湯北さんも好きなことをして、しかもそれが続けられるよう、経営的にも成功してる」

「お金のことは欠かせないけど、好きなことを続けるためにはそれだけじゃないでしょ。特に松保では。だって、経済面での不安がなくなっても、霧生はトルタ屋を放り出そうとしてるんだから」

「な」と言ったきり、霧生は二の句が継げなかった。何を言っても、言葉尻から、霧生の胸の内を正確に読み取られそうな気がした。

「何でそんなことがわかるのか、って言おうとしたんでしょ」

「プミータを放り出そうとなんか、していない」霧生は言質を取られなさそうなセリフを、かろうじて口にした。

「してます。トルタを作るか作らないかまで含めて最後は自分で決める、なんて、今までの霧生だったら絶対言わないね」

しまったと青ざめかけたが、霧生は平静を装って、「これまでだって、もうダメですみたいなネガティブなこと、何度も湯北さんにはこぼしてきたじゃないですか」と言った。

湯北さんは笑って、「何自慢してるんだ」と言った。「それはすべてお金の面で追いつめられてたからでしょ。自分からけじめをつけるみたいな言い方は、霧生はしたことないよ。煮え切らなくて、基本的に決断力を欠いていて、往生際の悪い霧生は、自分の根幹を支えているものをそういうふうに切って捨てることはありえないし、できない。そんなこと、自分が一番わかってるでしょ」

霧生は心臓に杭を突き立てられたような痛みを覚え、思わず身を折った。

「さっきの答え、まだ聞いてないんだけど。諦めないことの具体例」

「わからないです」息が苦しい。

「わかってるよ、霧生は。さっきもう、言ってたもん。ヒント。プミータを松保で続けていくことは、私が鍼灸院を松保で続けていくことと同じ」

湯北さんの言わんとしていることが、霧の向こうからぼんやりと姿を現す。それを拒みたくて、「同じなんかじゃないですよ、湯北さんとこが繁盛してるのは図領とグルだったからなんじゃないんですか」と放言してしまった。

湯北さんは目だけを霧生のほうへ動かすと、「霧生にそんなこと言われたら、死にたくなるな。私も鍼灸院、やめたくなるな」とつぶやいた。

霧生は罪悪感に押しつぶされそうになり、「すみません、心にもないこと言いました」と謝った。

「聞かなかったことにしよう。私も霧生にしんどいこと要求してるからね。もうわかるよね、あんたはこれからとてつもない逆風に逆らいながら、トルタを作ることになる」

霧生はうなずこうとしたが、体がこわばってうなずけない。時計は「13:11」と表示されている。間に合わない。今すぐこの車を降りて、タクシーで最寄りの駅まで行って、うまいタイミングで電車が来れば、ぎりぎりで間に合うかどうか。

車を飛び出すかどうか。

ためらいの中、緊張の極限で全身が震え始めている霧生の右腕に、湯北さんの左手が伸びてくる。二の腕に、湯北さんの左掌が軽く添えられる。霧生の体がぴくんと痙攣する。湯北さん特有の、茹でた指のような熱の感触が、接触面から染みとおってくる。

「残るかどうか決めるのは、他の誰でもなく自分だよ。でも私はとどまってほしい」

と、湯北さんは静かに言った。

　霧生は敗北感に打ちのめされた。ぎりぎりで間に合うタイミングは、動けずにいる霧生を尻目に、去っていった。逝きこぼれた。クズの道さえまっとうできない自分の無力さに、ただただ酸味の強い悲しみがつのる。

「何で知ってるんです」霧生は抑揚なく聞いた。

「老田っていたでしょ」

「湯北さんのスパイだったんですか。見かけない顔だとは思ったけど」

「発足時から未来系に参加してるよ。松保には住んでないけど、うちのお客さんでね、時間をかけて私が栗木田からの洗脳を解いた」

「それで今度は湯北さんに、みんなを裏切るよう洗脳された」

「違う。決起から抜けたいって、老田さんが自分で言い出したんだよ。相談されたから、いいんじゃないとは言った。私が介入したのは、先走った決起隊の中心に霧生がいるって聞いてから」

「中心も何も、言い出しっぺがぼくですからね。人生で初めて人の先頭に立って、いよいよって時に裏切ってる。最低最悪。クズにもクソにもなれやしない」霧生は鼻で自分を嘲笑った。

「逝く権利を私に奪われたと思ってる？」

「湯北さんは関係ないですよ。たんにぼくがクズ以下なだけですよ」

「私もそう思うよ。クズ以下だから、霧生は自分で逝かないことを選択した。クズは自分で選択しないからね」

「それは違います。最期を決めることだけは死守するのがクズの道だったんです。死守できなかったぼくは、雇われの人生をこれから送るんです」

「さっきも言ったでしょう、これから松保でトルタ作りを続けることの意味。あらゆる逆風に逆らって歩き続ける、もしくはとどまり続けるんであって、風になびいていってしまわないことが生きることになるんだよ。それのどこが雇われ人生？」

風はいったい、どこからどちらの方向へ吹いているのだろう？ 霧生は風に逆らって自決に踏み切ったつもりでいたが、それもじつは風になびいていたことになるのだろうか？

「そもそも、トルタなんて誰も知らない料理を始めようって決めたのは、霧生でしょ。そう決めたのは、それだけの人生の流れと理由があったからでしょ。それを放り出そうとするのは、それだけのしかるべき流れが霧生の中にあったってこと？」

ひょっとして、自分は咲紀さんと同じような圧迫を感じていたんじゃなかろうか。それを経営がうまくいかないこととすり替えて、自分のせいにして、いつの間にか、プミータなんか必要とされてない、無意味だと自分から思うようになっていたのかもしれない。つまり、トルタ作りから逃げる口実をどこかで求め始めていたってこと。

「しつこく言うけど、霧生は自分で、自決しないことを選んだんだからね。高速をぶっ飛ばしてるわけでもなし、この車から逃げ出す機会はいくらだってあったけど、霧生はそうしなかった。私は、霧生が素直に私についてきたときから、霧生は自決しない選択へ踏み出そうとしてるって感じてた。私がこんな話する前から、霧生の中では変化が始まってた」

「素直についてきたって、湯北さんはぼくの手を引っ張って有無を言わせなかったじゃないですか」

「何で？」

「何がです」

「何で、自決しないほうへ変わったの？」

「ぼくが聞きたいですよ！」

「霧生はわかってるはずだけどな」

　もちろん、自分にはわかっている。あんなみっしりとした手応えが降りてきたのに、無視することなんか、できっこない。でも、誰にも言いたくない。言ったら、減ってしまうから。密度が薄くなってしまうから。手応えを生み出す環境作りに、湯北さんは大きな役割を担ってくれたからこそ、これを減らして萎《しぼ》ませるようなことはできない。

「それが逆風に逆らう選択肢だってことも、霧生はわかって選んでるって、わかってる？」

「図領の妨害がシャレにならなくなるってことですか」

「それも一部だけど、もっととんでもない暴風が吹き荒れるでしょう」

「未来系の横暴？」

「霧生、わからないの？　霧生が口火を切ったようなもんじゃない」

「ぼくが？」

「もうすぐなんでしょ、決起の時刻」

見ないようにしていたデジタル時計は「13:33」になっている。霧生はまた惨めな自分を耐えがたく感じ、消えたいと思う。自分の本心がどこにあるのか、わからない。

「霧生と老田さんがいないから、全部で五人？」

「他に脱落がなければ」

犬伏は、霧生が姿を現さないことに、死んでも燃え盛りそうなほどの猛烈な憎悪を抱くだろう。裏切られた無念、死をもてあそばれた屈辱、決起が不発に終わるであろう虚しさ。そのほんの一端を想像するだけで、霧生は死んで詫びたくなる。後を追いたくなる。

だが、湯北さんは霧生の想像とは異なるビジョンを描き出した。

「五人の自決は、あんたたちが考えてた以上の衝撃を与えるでしょうね。図領や栗木田だけじゃなくて、この世の中全体に。女まで腹切りするんだし。そりゃあもうすごいことになるよ、絶賛の嵐で。図領が迷惑客を撃退したときの比じゃない。犬伏たちは英雄となるでしょう。英雄っていうか、英霊だな。現代の最初の英霊に認定される。神だよ。伝説」

湯北さんは疲れた表情でため息をついた。

「あんたたちが夢想してたのをはるかに上回る熱狂で、あんたらのクズ道の標語は広まってく。つまりあっちこっちで死に始めるよ。集団だろうが一人だろうが。あの標語を唱えて。だって、みんな誰かを殺したくて仕方なかったんだもん、ずっと前から」

「そうなんですか？」

「そうだよ、だって、自分を殺すのは人殺しだよ？　殺す相手が、他人じゃなくて自分になっただけ。死ね、っていう言葉を誰にも迷惑かけないで実行できるんだから、願ったりじゃないの。しかも、腹切りっていうのは高潔な印象を与えるからね、英雄的な感じがする。私からしたら、ただの内臓露出狂だけどね。死んでやるって言って、本当はそれでは死ねない行為をするんだから、そこにはごまかしが入ってる。そのごまかしが、ただの露出狂を神にしちゃう」

霧生は聞いていて気分が悪くなってきた。自分が今まさに遂げんとしていた輝かしい行いが、じつは醜悪きわまりないことを、容赦なく見せつけられているのだから。

「これからは、自決しようとしない人は圧迫されるでしょうね。少なくとも、自決を崇《あが》める心を持たない人は、自決させられるほうへと追い込まれてくね。そうなったらもう、自決じゃなくて他決だけど。何しろ、みんな誰かを殺したくてしょうがないんだから」

「何でそんなことまでわかってるのに、湯北さんは自分が苦しむような真似するんですか。ぼくはそこまでわかんないですよ。わかってたらなんにもできないし、したくないですよ」

霧生はあえぎながら言った。楽になりたいと思った。単独でもいいから自決したい。

「こうしなかったら、私はもっと苦しくなるから。霧生だってそうだ。体がそうだと知ってるから、より自分が普通に生きられるほうを選択してるんでしょう」

「じゃあ、自決する人や、そういうふうに追い込んでく栗木田や図領は、このままのほうが苦しくないんですか？　それとも、体がそうだってわからないバカどもってことですか！　たくさん死ねば死ぬほど、この世はまともになると思い込んでる気狂いってことですか！」

　自分だってそうだったのだ、湯北さんの答えはぼくを殺しうる、と思いながら、答えを待つ。

「今が苦しすぎて、目の前の楽さを選んじゃうんじゃない？　私だって、人を殺しかけた人間だからね、その安易さが単純なものじゃないことぐらい、わかってる」

「誰かに本気で殺意を抱いたことあるんですか？」

「鉞を学んだ動機がね、完全殺人をするためだった。まさに北斗の拳を真に受けたみたいで、笑っちゃうよね。ま、この話はもういい。私には死ぬまで生々しすぎることだから。霧生も忘れてよ」

　湯北さんは淡々と語っているが、珍しく呼吸が速くなっている。こんな湯北さんは初めて見た。

「わかったでしょ？　このことに触れるだけで、私は自分を破壊したくなる。そんな状態で生き続けることなんかできない。そんな状態でい続けたら、誰かを痛め続けるか、自分を終わらせるしかなくなる。そんな苦しみに比べたら、今の逆風はまだ耐えられる」

　この世に渦巻いて膨れあがる殺意の総量をイメージして、霧生は自分が生きているのを不思議に思った。そして、それが自分の中にも存在して成長しようとしていたことも、リアルな非現実感とでも呼ぶほかないような感覚とともに納得した。

「その衝動に支配されたら、いわば呪われたようなもので、自分の力だけではどうにもできない。止めようはないの。だから、まわりの人の力が必要。でも、そのまわりの人も全員衝動に支配されていたら、どうなる？　止められる人は誰もいないってことになるよね。それが今の松保であり、世の中。それどころか、衝動に支配される人が無限に広がってる」

「ぼくもそこに引き込まれていった」

湯北さんはうなずいた。

「自ら呪われたがってる街ってこと」

「誰にも止めようがないんなら、滅亡するしかないってことですよね」

「でもね、根拠はないんだけどね、私はいつかは自然に止まると思ってるの。すっかり滅亡する前に、呪いが自家中毒を起こすっていうのかな、勢いが衰えてやがて止まる。スクランブル交差点で、千人がいっせいに渡ろうとしたら衝突しまくるけど、三人だったら衝突もほとんど起こらないし、しそうになっても避けられる、みたいな」

「この呪いは単なる人減らしだってことですか」

「そんなこと言ってない。呪いがどこから生じるかは別の理由だけど、呪いの膨張が始まったらそんな理由は吹っ飛んでしまって、ただただ破壊し合って、止まるときはエネルギー切れ。それしか止めようはないし、いつかは必ず止まる。私にも止める力はないし、ただ、呪いを広める側に回らないだけで精いっぱい」

「それが逆風に逆らうってことか」霧生はようやく実感を持ってその言葉を受け止めることができた。

「そういうこと」

「そうやって逆風浴びながら何とかとどまったとして、その後どうするんです」

「そのまま生きるんでしょうが。それこそが本当の生き残りなんだよ。選ばれたもクソもない、単に生き延びた人が、その後の再建を担うんだ」

「わかるんですけど、何か自分だけ生き残るって、卑怯で惨めな感じがしちゃいます。一人だけ逃げてるような」

そう言って霧生は時計を見る。「13:54」。

「その感覚はいったんすり込まれたら、なかなか消えないでしょうね。その気分を否定しろとは言わないよ。でも、霧生はトルタ作りに誠実に向き合ってれば、乗り越えられる。私は、呪いにかからずに生き延びられた人が、呪われる前の時代の記憶を、後の世に持ち込めるんだと思ってる。そういう人たちが、いち早く再建を始められると思ってる。だから、ビバークでもするような気分で、待つつもり。どんなに時間がかかっても、たとえ私の寿命が来ても」

「寿命が来ちゃったら、どうするんですか？　お終《しま》いじゃないですか」

「例えば、霧生がいるじゃない」

湯北さんは霧生を見て微笑んだ。

「誰かが少しずつ受け継いでいけばいい。全員が呪われたら、こういう生き方があったことさえ忘れられて、消えてしまう。だから、私や霧生みたいなのが一人でも多く松保にい続けることが大事。そうすれば、私たちの代で反転が起こらなくても、可能性は残り続けるでしょ。私たちの知らない誰かが、どこかで私たちのあり方に触れて、このような生き方をこっそり選択してくれるかもしれない。楽な舟に身を委ねないで、惨めでも、何もできなくても、自分でいることが、将来の松保を救うんだから」

霧生は今度は体がこわばることなく、うなずけた。時計は「13:58」を示している。

レオ 1

一時五十八分の段階で、三人が歩いてくるのが、約束の場所に一番乗りしたレオには見えた。やはり白い浴衣姿は、人混みの中で少し異様だ。駅から向かってくるのは相沼と数度。数度もレオと同様、失格住民の覚醒のために、腹を切る真似をさせられた外様の未来系メンバーだ。あの屈辱以前には未来系にはほとんど顔を出していないから、あまり知られていない。

商店街の奥側から来るのが、カジーニョさん。結局、栗木田さんは、未来系の原型となった幹部の犬伏さんとカジーニョさんに裏切られている。というか、栗木田さんが、親友たちを裏切ったのだ。というか、もともと親友なんかじゃなかったのかもしれない。栗木田さんに親友なんか、いるのか？　あの人には、親友って概念がありえないんじゃないのか。

にわか雨を一瞬だけ降らせた黒雲は、もう東に去っていき、今はまばゆい太陽が濡れた路面に容赦なく照りつける。蟬の声が蒸気となって、肌にまとわりつく。

四人がそろいかけたとき、何と麦ばたけから犬伏さんが出てきたのにはたまげた。やっぱり犬伏さんの腹の据わり方は、自分たちと次元が違う、とレオは思う。

犬伏さんは時計を見た。つられてレオも見る。二時ぴったり。汗がまた噴き出る。まわりをもう一度確認する。相沼と数度とカジーニョさんしかいない。遅れるなんてことはありえない。霧生と老田は脱落したのだ。あるいは裏切ったか。言い出しっぺの霧生が！　あんな腑抜けは選ばれてない雑魚《ざこ》のクズだって、白河さんがいつも言ってた。俺もそんな気がしてた。それが証明された。その自分も白河さんを裏切っている。

霧生の裏切りだとしたら、罠なのかもしれない。直ちに行動を起こさないと、決起は取り上げられて、惨めなさらし者になるかもしれない。

決起の際は一切の意思疎通を行うな、という禁を破り、レオは一瞬だけ犬伏さんの顔をうかがった。いつもどおり、近寄りがたい不機嫌な無表情。しかし、耳が真っ赤だ。

怒ってる！　鬼神のように憤ってる！　その怒りのオーラがあたりを圧し、まだ何もしていないのに、周囲の通行人が犬伏さんを見ている。レオも見とれてしまう。本物の神だと思う。

犬伏さんは、手に提げている鞄から、端をのぞかせている柄《つか》を引き抜いた。怒りがその刃に集められたかのように、まぶしく輝いて、人の目を集める。レオも自分のリュックにむき出しで入れておいた短刀を、引き出す。レオの視界にはない他の三人も、同じことをしているだろう。

悲鳴と怒号が飛び交う。逃げ惑う者ども、警察を求めて泣き叫ぶ声、一一〇番する者、スマートフォンのカメラを向ける者。それらの雑音を制圧するような通る声で、犬伏さんは言い放つ。

「クズの道というは、死ぬことと見つけたり」

鳥肌が立った。涙が出てきた。天からの言葉だ。その言葉に忠実に従って、クズの本分を最高の形で果たせることに、感極まる。

自決こそ、我が人生。

さあてめえら、この姿を見やがれ。
我こそが、おまえらクズの真の姿だ。
ここから、歴史が始まる。
我々が歴史だ。

解説

窪美澄

小説を書くことは箱庭を作ることに似ていると思う。

どんな小説を書こうかな、と思うとき、私はまず舞台となる場所を決める。東京なのか、地方なのか、山や川、または、どんなランドマークがあるのか、それをまず決めてから、その箱庭のなかに登場人物を置く。

星野智幸さんの『呪文』の舞台となるのは、「松保商店街」。「住んでみたい憧れの街ベスト5」にランクインし、おしゃれで感じのよい飲食店がある「夕暮が丘」の隣の駅にある商店街である。あこがれの夕暮が丘には店を出せなくても松保商店街なら店が出せる。そう思って店を出したものの、店は定着せず、次々につぶれる。今や、日本中のそこかしこに見られる光景である。

駅を挟んで、商店街の反対側の場所に置かれたのは「松保神社」。樹齢三百年を超えるとされる、まるで大蛇のような大黒松「水松様」、そして、豊富な水が湧く「水松池」。この池の水は松保川に流れるが、かつては、大雨が降るとあたり一帯を水浸しにさせたという。神社自体も水没することがあったが、水害のあった年は弁財天がもある。

元気ということで、商売が繁盛するという言い伝えがある。ちなみに弁財天の原語はサラスバティ。インドの聖典によれば、水の女神であり、芸術、学問の知を司る神でもある。

この箱庭に置かれる主人公は「霧生」。トルタ（メキシコのサンドイッチ。トルタを作る描写が素晴らしく、口の中に唾が湧く）屋「プミータ」を経営する男。彼もまた松保商店街の賃料の安さにひかれて、店を出すが、その商売がうまくいっているとはいえない。

霧生と同じ重さの存在感を発揮するのは、商店組合理事長の娘の夫であり、若くして事務局長になった「図領」。女性が一人で一杯飲みながら夕食のとれる品のよい居酒屋「麦ばたけ」を経営している。つぶれていく店舗を継ぐ者を外部から探し出し、店を再生させたことで、商店組合からの信頼も厚い。

物語が転がっていくには、秩序を壊す者（多くの場合、悪役であり、異端者である）が必要だが、次々に店がつぶれていくとはいえ、表面上は平穏に見える商店街にある事件を起こすのが、「佐熊」という男。

図領の「麦ばたけ」で不当な扱いを受けたことを根に持ち、その日の出来事をたっぷりの悪意をまぶして、ネットにアップし炎上させる。

けれど、図領も黙っていない。佐熊のクレームにネット上で反撃することで、彼は喝采を浴び、「現代のサムライ」と呼ばれるようになる。図領の元には彼を支持する者が集い始め、いつしか、松保商店街のシンパ、有志らで結成された自警団「松保未来系」が結成される。彼らは激しい罵倒による徹底的な自己否定を受けることで覚醒し、その過程で「クズ道というは死ぬことと見つけたり」という金言を見つける。

いつしか、霧生も「松保未来系」に取り込まれ……というのが大筋だが、この物語は単なるつぶれかけた商店街の再生を描いたものではなく、これまでの、そして今の日本、世界で起こったことを映し出している、その筆致の正確さに、まず驚かされた。

例えば、ネット上での炎上。一人の人間が、ある出来事を叩く。同調した人間も叩く。叩いていいもの、と決めたら徹底的に叩く。そんな光景を私たちは幾度目にしただろう。

「自己責任」「自己実現」に関する記述も多い。「松保未来系」に集まる人間たちは、もれなく自分をクズだと認識している。うまくいかないのはすべて自分のせい、けれど、何者かになりたい。だから、彼らはある行動をとろうとする。そうまでして乗りこなさなくてはならない「自己」とはいったいなんなのか。

先日、ネットでこんな情報を得た。昨今、日本でしばしば起こる無差別殺人と海外で起こるテロにはひとつの共通点があると。例えばイスラム国では、まず現実生活に不満を抱える、いわゆる「非リア充」の人間をかき集めてから、そのあとで思想、宗教的根拠を植え付けるという。

日本で起こる「誰でもよかった」という無差別殺人の増加にはさまざまな理由があるだろうが、加速する格差社会の進行と、それを煽るネットによる情報過多状態が「非リア充」感に満ちた人々の一部を凶行に走らせる面があるのではないか、と。

「松保未来系」に集う人間の行動もそうだ。彼らは紛れもなく「非リア充」であり、先鋭化して自暴自棄な行動を起こす。

『呪文』は、大上段に構えて「日本とは何か」を語ろうとしなくても、すぐれた物語は常にそうしたテーマを自動的に内包してしまうことを証明している。

「松保未来系」のメンバーの一人、犬伏を描いた次のようなシーンがある。

「災害や天変地異、巨大な事故やテロが起きると、犬伏は普段の無気力から一変して活性化するのだった。悲劇のにおいがすると元気になる」

これはいつかの私であり、いつかの誰かだ。

星野さんと私は同い年（一九六五年生まれ。戦争が終わって二十年後に生まれた）なので、同じ年齢に同じ出来事を見ている。だから、本当はそうではないのかもしれないが、物語から想起される出来事も多かった。

例えば「松保未来系」は「未来派」に結びつく。未来派とは過去の芸術の徹底破壊と機械によって実現された近代社会を称える前衛芸術運動のことで、イタリアのファシズムに受容され、戦争を「世の中を衛生的にする唯一の方法」として賛美した。

また、未来系メンバーによる罵倒は、連合赤軍による「総括」を想起させる。そして、大義のためには命を賭けるという彼らの姿に、三島由紀夫や自爆テロの姿が頭をよぎる。

こうした連想は、男の物語（霧生、図領、未来系メンバーにも女性がいるが、それは異端の形として描かれている）、つまり、何かに命を捧げるほど、何かを信奉することの恐ろしさを、いまや、その物語を語り継ぐことには限界があることを、この作品は正確に見据えている。このような作品がほかにないからこそ、その存在は際だっている。

もちろん、誰もがこの作品と、過去の出来事を重ねるという読み方をする必要はないが、そうした読み方があってもいいはずだ。読書は「この気持ちわかる～」と共感を得るだけのものではないし、「かすかな光を感じて心がほっとしました」というのが小説というものの正解ではないからだ。

「クズ道というは死ぬことと見つけたり」と覚醒した未来系メンバーが、自ら率先して死ぬことをノアの方舟に例えるシーンがある。

「選ばれたのはノアじゃなくて、ノア以外の、死んだ者たちじゃないだろうか？　ノアはむしろ、選ばれなかった、選に漏れた役立たずとも言えるんじゃなかろうか」

この言葉は、堕落する人々を嘆き悲しんで、大洪水で滅ぼそうとした厳しき神へのアンチテーゼでもあるように感じる。「神と宗教」というテーマはこの物語において前面には出てこないが、通奏低音として常に響いている。

犬伏が松保神社で夢想する大洪水は起こらない。松保神社の古い神は力をふるわない。神社という場所も、そこに奉られている神も、機能していない。天変地異を起こさず、神風も吹かせない。

この物語のなかでは、信仰は「美」として信奉されず、信仰のためにすすんで死を捧げよ、という「神」を、星野さんは解決策にしていない。

では、いったい、誰が彼らを救うのか。

人の体、という生命現象に向き合ってきた一人の人物である。

私は最初、この人物を女性だと思って読んだ。

女性と体。デビュー作以来、それについて小説を書いてきた私にとっては、ほう、そう来ましたか、と思わず膝を打ったが、女性である私にしてみたら、そこにすべての解決策があるってわけでもないんです、と、正直なところ思ったのは確かだ。

しかし、この人物は女性であるという前提で書いた解説原稿を渡したところで、編集者に指摘されて再読し、気がついた。この人物は男性でも女性でもないのだ。星野さんはどちらかの性に限定する表現をしていない。その性は巧みに隠されている。やられた、と思った。

男性と女性、全体と個人、感受性と不感性、論理と直感、自傷される体と癒やされる体……そうした安易な二項対立でこの物語を終わらせなかった。私はそこに星野さんのニュートラルな視点と、小説家としての胆力を強く感じた。

平成が終わる年にこの物語をたくさんの人に読んでほしい。心からそう思う。

そして、ネットでヒートアップした頭を冷やすために、体の凝りをほぐして、おいしいトルタを食べよう。おいしいものを誰かのために作ること。それに幸せを感じること。霧生は最初から答えを手にしていたのだ。男って……（以下、自粛）。

（作家）

本書は二〇一五年九月、小社より単行本として刊行されました。
初出　『文藝』二〇一五年夏季号

呪文《じゅもん》

二〇一八年 九 月一〇日 初版印刷
二〇一八年 九 月二〇日 初版発行

著 者 星野《ほしの》智幸《ともゆき》

発行者 小野寺優
発行所 株式会社河出書房新社
〒一五一－〇〇五一
東京都渋谷区千駄ヶ谷二－三二－二
電話〇三－三四〇四－八六一一（編集）
〇三－三四〇四－一二〇一（営業）
http://www.kawade.co.jp/

ロゴ・表紙デザイン 粟津潔
本文フォーマット 佐々木暁
本文組版 KAWADE DTP WORKS
印刷・製本 凸版印刷株式会社

Printed in Japan ISBN978-4-309-41632-8

ドライブイン蒲生

伊藤たかみ　41067-8

客も来ないさびれたドライブインを経営する父。姉は父を嫌い、ヤンキーになる。だが父の死後、姉弟は自分たちの中にも蒲生家の血が流れていることに気づき……ハンパ者一家を描く、芥川賞作家の最高傑作！

キャラクターズ

東浩紀／桜坂洋　41161-3

「文学は魔法も使えないの。不便ねえ」批評家・東浩紀とライトノベル作家・桜坂洋は、東浩紀を主人公に小説の共作を始めるが、主人公・東は分裂し、暴走し……衝撃の問題作、待望の文庫化。解説：中森明夫

空に唄う

白岩玄　41157-6

通夜の最中、新米の坊主の前に現れた、死んだはずの女子大生。自分の目にしか見えない彼女を放っておけない彼は、寺での同居を提案する。だがやがて、彼女に心惹かれて……若き僧侶の成長を描く感動作。

ダウンタウン

小路幸也　41134-7

大人になるってことを、僕はこの喫茶店で学んだんだ……七十年代後半、高校生の僕と年上の女性ばかりが集う小さな喫茶店「ぶろっく」で繰り広げられた、「未来」という言葉が素直に信じられた時代の物語。

銃

中村文則　41166-8

昨日、私は拳銃を拾った。これ程美しいものを、他に知らない——いま最も注目されている作家・中村文則のデビュー作が装いも新たについに河出文庫で登場！　単行本未収録小説「火」も併録。

掏摸《スリ》

中村文則　41210-8

天才スリ師に課せられた、あまりに不条理な仕事……失敗すれば、お前を殺す。逃げれば、お前が親しくしている女と子供を殺す。綾野剛氏絶賛！大江賞を受賞し各国で翻訳されたベストセラーが文庫化。

王国

中村文則　41360-0

お前は運命を信じるか？　――社会的要人の弱みを人工的に作る女、ユリカ。ある日、彼女は出会ってしまった、最悪の男に。世界中で翻訳・絶賛されたベストセラー『掏摸』の兄妹編！

A

中村文則　41530-7

風俗嬢の後をつける男、罪の快楽、苦しみを交換する人々、妖怪の村に迷い込んだ男、決断を迫られる軍人、彼女の死を忘れ小説を書き上げた作家……。世界中で翻訳＆絶賛される作家が贈る13の「生」の物語。

スイッチを押すとき 他一篇

山田悠介　41434-8

政府が立ち上げた青少年自殺抑制プロジェクト。実験と称し自殺に追い込まれる子供たちを監視員の洋平は救えるのか。逃亡の果てに意外な真実が明らかになる。その他ホラー短篇「魔子」も文庫初収録。

その時までサヨナラ

山田悠介　41541-3

ヒットメーカーが切り拓く感動大作！　列車事故で亡くなった妻が結婚指輪に託した想いとは？　スピンオフ「その後の物語」を収録。誰もが涙した大ベストセラーの決定版。

93番目のキミ

山田悠介　41542-0

心を持つ成長型ロボット「シロ」を購入した也太は、事件に巻き込まれて絶望する姉弟を救えるのか？　シロの健気な気持ちはやがて也太やみんなの心を変えていくのだが……ホラーの鬼才がおくる感動の物語。

琉璃玉の耳輪

津原泰水　尾崎翠〔原案〕　41229-0

３人の娘を探して下さい。手掛かりは、琉璃玉の耳輪を嵌めています――女探偵・岡田明子のもとへ迷い込んだ、奇妙な依頼。原案・尾崎翠、小説・津原泰水。幻の探偵小説がついに刊行！

11 eleven

津原泰水　41284-9

単行本刊行時、各メディアで話題沸騰&ジャンルを超えた絶賛の声が相次いだ、津原泰水の最高傑作が遂に待望の文庫化！　第2回Twitter文学賞受賞作！

死亡遊戯

藤沢周　40562-9

新宿歌舞伎町を舞台に、生死をかけて生きるポンビキたちの姿を絶妙な感覚であざやかに、ハードに描ききる衝撃のデビュー作。この一冊とともに九十年代文学の新しいシーンが始まった。馳星周も激賞の名作。

雪闇

藤沢周　40831-6

十年ぶりに帰った故郷の空気に、俺は狼狽えた──「仕事」のため再び訪れた新潟の港町。競売物件を巡り男は奔走する。疾走する三味線の音、ロシアの女性・エレーナ。藤沢周の最高傑作！

さだめ

藤沢周　40779-1

ＡＶのスカウトマン・寺崎が出会った女性、佑子。正気と狂気の狭間で揺れ動く彼女に次第に惹かれていく寺崎を待ち受ける「さだめ」とは……。芥川賞作家が描いた切なくも一途な恋愛小説の傑作。

ブエノスアイレス午前零時

藤沢周　41324-2

雪深き地方のホテル。古いダンスホール。孤独な青年カザマは盲目の老嬢ミツコをタンゴに誘い……リリカル・ハードボイルドな芥川賞受賞の名作。森田剛主演、行定勲演出で舞台化！

あの蝶は、蝶に似ている

藤沢周　41503-1

鎌倉のあばら屋で暮らす作家・寒河江。不埒な人……女の囁きが脳裏に響く時、作家の生は、日常を彷徨い出す。狂っているのは、世界か、私か──『ブエノスアイレス午前零時』から十九年、新たなる代表作！

隠し事

羽田圭介　41437-9

すべての女は男の携帯を見ている。男は…女の携帯を覗いてはいけない！盗み見から生まれた小さな疑いが、さらなる疑いを呼んで行く。話題の芥川賞作家による、家庭内ストーキング小説。

クォンタムファミリーズ

東浩紀　41198-9

未来の娘からメールが届いた。ぼくは娘に導かれ、新しい家族が待つ新しい人生に足を踏み入れるのだが……並行世界を行き来する「量子家族」の物語。第二十三回三島由紀夫賞受賞作。

コスモスの影にはいつも誰かが隠れている

藤原新也　41153-8

普通の人々の営むささやかな日常にも心打たれる物語が潜んでいる。それらを丁寧にすくい上げて紡いだ美しく切ない15篇。妻殺し容疑で起訴された友人の話「尾瀬に死す」（ドラマ化）他。著者の最高傑作！

優雅で感傷的な日本野球

高橋源一郎　40802-6

一九八五年、阪神タイガースは本当に優勝したのだろうか――イチローも松井もいなかったあの時代、言葉と意味の彼方に新しいリリシズムの世界を切りひらいた第一回三島由紀夫賞受賞作が新装版で今甦る。

「悪」と戦う

高橋源一郎　41224-5

少年は、旅立った。サヨウナラ、「世界」――「悪」の手先・ミアちゃんに連れ去られた弟のキイちゃんを救うため、ランちゃんの戦いが、いま、始まる！　単行本未収録小説「魔法学園のリリコ」併録。

最後の敵

山田正紀　41323-5

悩める青年、与夫は、精神分析医の麻子と出会う。そして鬱屈した現実がいま変貌する。「あなたの戦うべき相手は、進化よ」……壮大な構想、炸裂する想像力。日本ＳＦ大賞受賞の名作、復活。

想像ラジオ

いとうせいこう　41345-7

深夜二時四十六分「想像」という電波を使ってラジオのＯＡを始めたＤＪアーク。その理由は……。東日本大震災を背景に生者と死者の新たな関係を描きベストセラーとなった著者代表作。野間文芸新人賞受賞。

屍者の帝国

伊藤計劃／円城塔　41325-9

屍者化の技術が全世界に拡散した一九世紀末、英国秘密諜報員ジョン・Ｈ・ワトソンの冒険がいま始まる。天才・伊藤計劃の未完の絶筆を盟友・円城塔が完成させた超話題作。日本ＳＦ大賞特別賞、星雲賞受賞。

火口のふたり

白石一文　41375-4

私、賢ちゃんの身体をしょっちゅう思い出してたよ——挙式を控えながら、どうしても忘れられない従兄賢治と一夜を過ごした直子。出口のない男女の行きつく先は？　不確実な世界の極限の愛を描く恋愛小説。

美女と野球

リリー・フランキー　40762-3

小説、イラスト、写真、マンガ、俳優と、ジャンルを超えて活躍する著者の最高傑作と名高い、コク深くて笑いに満ちた、愛と哀しみのエッセイ集。「とっても思い入れのある本です」——リリー・フランキー

オン・ザ・ロード

ジャック・ケルアック　青山南〔訳〕　46334-6

安住に否を突きつけ、自由を夢見て、終わらない旅に向かう若者たち。ビート・ジェネレーションの誕生を告げ、その後のあらゆる文化に決定的な影響を与えつづけた不滅の青春の書が半世紀ぶりの新訳で甦る。

服従

ミシェル・ウエルベック　大塚桃〔訳〕　46440-4

二〇二二年フランス大統領選で同時多発テロ発生。極右国民戦線のマリーヌ・ルペンと、穏健イスラーム政党党首が決選投票に挑む。世界の激動を予言したベストセラー。